藏書

三十六計

珍藏版

于立文 主编
李金龙 编

叁

辽海出版社

盟军诺曼底登陆

1944 年 6 月英美军盟军出色地完成了横渡英吉利海峡，在诺曼底登陆的计划，这是开辟欧洲第二战场的关键性一役。此役，可谓出色地运用了“暗渡陈仓”之计。

当时，盟军的可供登陆场大体有三处：一是康坦丁半岛；二是加来地区；三是诺曼底地区。这三个登陆场，条件较为优越的是诺曼底。这里地势开阔，可同时展开 26—30 个师的兵力；距英国港口近，便于人员和物质运输；德军防守较弱，便于打开缺口、巩固阵地。此处不是天然良港，不为德军关注。于是，盟军把登陆地点选择在这里。

为了转移德军的注意力，盟军在实施登陆计划前一年多时间里，连续使用了许多欺骗措施。最初制定了“帽章”计划，故意把盟军的进攻方向显示为挪威、法国的布勒斯特和加来等地区。1944 年 1 月，盟军对“帽章”计划又作了修改调查，改名为“坚忍”计划。在原来的基础上扩大了对德军迷惑和欺骗的范围。英军情报机关还挑选演员出身的詹姆斯中尉装扮成英国名将蒙哥马利出访直布罗陀和阿尔及尔，把德国人的注意力引到地中海方向。此外，盟军还制造了许多假象，使敌人误认为诺曼底登陆只是一种牵制性的行动，更大规模的登陆仍在加来地区，通过这些活动就把25万德军牢牢地吸引在塞纳河以北，使其无法阻击诺曼底登陆的部队。

国贼行凶杀贵妃

“坚忍计划”实施迷惑作用最为突出的可谓“南坚忍”计划。盟军为了使德军相信他们的突击方向是在加来，特地虚设了一个将在加来登陆的集团军群，而且在这支部队的编成、司令官、集结、火力准备等项事宜上开展了大量逼真的活动。虚设的司令部设在加来对岸的多佛尔附近，一些无线电收发报人员在假司令部里架起许多电台与各地保持着频繁的无线电联系，冒充紧张的指挥通信，巴顿将军被宣布为假集团军群的司令；在假集团军驻地盟军兴建了浩大的工程，包括假营房、医院、油库、弹药库、坦克装甲车等，即几十万大军所需的一切，在港口、海湾设置了数百艘假舰艇，还在多佛尔海岸建造了一个占地 7.8 平方公里的设备齐全的输油码头。此外，盟军派航空兵重点轰炸加来地区，充分显示出将要在加来地区大举登陆的景象。在情报上也采取了许多迷惑措施，据说，当时德国情报部收到 250 多份有关盟军在法国大规模登陆的报告，仅有一份提供的是在诺曼底，其他大都是提供在加来登陆。于是，希特勒及德军总参谋部都认定，盟军的登陆地域是加来，诺曼底不会出现强大的登陆部队，即使有也是牵制性的佯动。这样，德军把主要力量投入到加来，使该地区防御部队多达 39 个师，而诺曼底只有 6 个师另 3 个团。在加来地区，德军沿海岸构筑了纵深 5—6 公里的防御地带，海底还设置了大片障碍物和水雷区。而诺曼底只构筑了为数不多的若干个独立支撑点，纵深只设置了一些防空降障碍物。

1944 年 6 月 5 日深夜，盟军庞大的舰队运载 17 万 6 千登陆先头部队，突然驶向德军防守薄弱的诺曼底；

英美三个空降师也向诺曼底纵深处空投着陆。当日晚，盟军就占领了五个登陆场。在这场有史以来最大的登陆作战中，希特勒根本没有察觉盟军诺曼底登陆的企图，即使登陆开始初期，他还以为这只是一场佯攻，其大部队仍在加来地区，到6月12日，盟军已在正面80公里、纵深13—19公里的广阔地域建成了连在一片的巩固登陆场，共有32万人和大批车辆物资。这时，盟军诺曼底登陆的立足点已稳，德国法西斯的“大西洋壁垒”已被攻破。这次大规模登陆战，盟军“暗渡陈仓”之计划，设计得十分巧妙。实施中仅有2500人阵亡，即迅速获得成功。

美军暗渡陈仓营救洛斯巴诺斯的战俘

第二次世界大战的最后一个年头，盟军的胜局已定，他们以秋风扫落叶之势打击着继续顽抗的敌人。

在菲律宾首都马尼拉东南，有一个名叫洛斯巴诺斯的小城镇，这里有一所战俘集中营，里面关押着2147名战俘。其中1500多名是美国人，其余是加拿大、英国、澳大利亚、挪威、波兰、法国、意大利等国人。专门守卫集中营的日军近300人。此外，附近还驻扎有日军步兵第17团和其他一些部队。美军为了防止日军以战俘为人质或狗急跳墙将战俘杀害，制定了一个派空降兵把这些战俘营救出来的周密计划。

营救行动由空降11师188团团长索尔指挥。他精心编组了4个队。

突击队，一个连。任务是空降突袭集中营，解救战俘。

掩护队，三个连。任务是待突击队救出战俘后，掩护两栖运输车前去接运和从湖上返回。

牵制队，一个营。任务是阻止附近的日军增援。

引导队，由空降11师的33人和菲律宾游击队80人组成。任务是引导突击队的降落。

2月21日，这是一个漆黑的夜晚。引导队首先出发，他们乘木船向洛斯巴诺斯驶去，22日拂晓前上岸，潜伏了一个白天以后，入夜到达了目的地并迅速通知了指挥部。23日凌晨2时，掩护队和牵制队也按计划到达各自的目标点。

23日晨6时40分，索尔指挥9架载运突击队的C—47飞机低空向洛斯巴诺斯飞去。等候在集中营附近的引导队早已将2枚磷烟弹点燃，伞兵在引导队的引导下，十分准确地落到了集中营周围。这时日军正准备做早操，突如其来的神兵使他们措手不及。索尔的突击队在15分钟内就将守营的日军全部歼灭。

在此期间，掩护队和牵制队也有效地阻止了敌人。至下午 3 时，4 个营救队凯旋归来，美军仅伤亡 7 人。

这次营救战俘的成功在于出其不意的策略。引导队、掩护队及牵制队的行动十分隐秘，日军毫不察觉，突击队伞兵的神速更使日军来不及反应。

暗渡陈仓英迪拉提前举行大选

1969 年，英迪拉在支持吉里总统当选的斗争中，通过实行银行国有化，坚决地与保守派斗争，赢得了党内外的支持，最大限度地削弱了反对派的力量。

然而，她没有被眼前的胜利所迷惑。她十分清楚党内存在的各种问题。党内的分裂使她在 525 个成员组成的议会中只得到 250 个成员的支持。她并没有与人民院的任何其他集团结成正式联盟来取得多数票的支持。而根据议会政府的规则，她应该提出辞呈。可是她还能继续执政。因为在选举总统中证明，她受到了共产党人，某些社会党人和某些地区政党的议会代表的暗中支持。虽然处境尴尬，但还是可以勉强维持到 1972 年大选。

面对这种局面，英迪拉懂得，如果采取无所作为的态度，就会大大丧失 1969 年时赢得的群众支持。这无异于在等待自己的灭亡。可是如何才能既使群众的支持变为议会实力，又保证在 1972 年大选中再次担任总理呢？英迪拉出其不意决定提前一年举行大选。

主意已定，她便着手准备。首先，她决定要说服亲信，增强他们的信心。她的一派当时有一种观点，认为在 1969 年大选中国大党费尽心血才勉强获得多数票。在党分裂的情况下，如果国大党寻求连任，那就会犯政治自杀错误。针对这种观点，英迪拉争辩说，由于摈弃了辛迪加派，她的一派的形象在人民群众中会焕然一新。并且党在大选中所承受的风险是微不足道的，党至少又会以议会中议席最多的惟一政党出现。执政党除了失去它对共产党和其他某些反对党派那种恼人的依赖外一无所失。在她的雄辩面前，支持者们的意见得到了统一，并积极地做提前大选的准备。

第二，她对提前大选一直保密。有很多次报纸上都报道了提前大选的可能性，但她都予以否认。她的政敌们更是低估了她的胆识，认为她的政府一直是在与其他反对派的妥协中生存，现在她不敢提前大选。

然而不可能的事却发生了。1970 年底英迪拉出乎对手的意料，提前举行大选。选举结果十分令人满意。英迪拉所领导的国大党一派获得了惊人的多数，在 525 席中占了 350 席，从而结束了依赖同盟者的狼狈局面。英迪拉还是胜利了。

英迪拉的聪明之处在于她正确地估计了群众的心理和党内关系，并采用了“出奇不意”的策略，既麻痹了敌手，又充分利用了已经取得的支持，从而实现了连任总理的夙愿。相反，如果她不采取这样的策略，等到1972年大选，有利条件就会丧失殆尽。

房地产商暗渡陈仓发财有术

随着经济的发展，人们生活水平的提高，必须要求住好房。经营房地产赚钱快，关键在于他能否把握机会。

罗先友抓住机会从5000元起家，5年时间便发展到资产逾亿元的大公司。

1988年，罗先友身上带着5000元来到海南，搞起房地产。时值海南房地产热，一小块地皮要价成百上千万元。于是他骑着自行车在海口各处打听，早出晚归，他终于找到了一处地段，有一小工厂要外迁。他找到厂方，许诺租地皮70年盖大楼，建成后，每年包干上交11万元。这样，厂方就会有770万元的收入。他很快与厂方达成协议，仅先付5万元租金。地皮一落实就立即通过新闻发布消息：海口要建内江大厦，欢迎集资并预收房款。就这样通过预售集资到2000万元。谁知1989年“海南热”急剧降温，原来预订房的单位有的撤走了，使建房面临困难。困难也是机遇，当时建筑队伍无房可修，于是罗先友就选择实力强的建筑队破土动工。无钱就借鸡下蛋，用土地和正在修的房子作抵押让建筑公司垫付资金。大楼尚未竣工，就把房子预售一空，购方必须先付10%房款，半月后再付45%。3个月内，1000多万元到位。就这样，罗先友巧妙组合资金，既付清了建筑公司的所有款项，又建好大楼并出售，净赚2000多万元。除此之外，罗先友还用类似手法在海南经营房地产，获得近400亩的土地开发使用权，使资产达到1亿多元。

房地产商罗先友缜密的“明修栈道，暗渡陈仓”计划，可以称为中国人的经商智慧精华。

哈默炫耀投标独占两块租地

众所周知，在石油大王哈默的经营史中最成功的一次是在利比亚。无论是对哈默本人，还是西方石油公司的3万名职员及公司的35万名左右股东来说，一提起这件事，他们都会赞叹不已。

在伊德里斯国王统治的年代，利比亚就像得克萨斯州当年最初发现石油时那样，吸引着石油资本家。

只要是沙漠的干风没有把黄沙刮得遮天蔽日，那里每天都充满了买进卖出、赢钱和输钱的气氛，的黎波里和班加西这两个互相竞争的大都市看上去像是巨大的集市，到处都在进行掷骰子赌博。参加赌博的人是各式各样的石油经营者，其中有来自各国政府的，有来自大型石油公司的，有来自独立公司的，也有企图涉足石油业的，带着随身的内阁部长们，带着旧日部下的前任内阁们、亲朋好友们，妄图通过装模作样地与一个政客握手一次而接近国王的穷流浪汉们，还有冒牌的法国将军，曾在哥伦比亚大学干过的著名美国科学家等等，都纷纷拿租借地、地质勘探资料以及形形色色的消息秘闻，和内幕情况做着交易。

当哈默的西方石油公司来到利比亚的时候，正值利比亚政府准备进行第二轮出让租借地的谈判。出租的地区大部分都是原先一些大公司放弃了的利比亚租借地。根据利比亚法律，石油公司应尽快开发他们租得的租借地，如果开采不到石油，就必须把一部分租借地归还给利比亚政府。

第二轮谈判中就包括已经打出若干孔“干井”的土地，但也有若干块与产油区相邻的沙漠地。来自9个国家的40多家公司参加了这次投标，有些参加投标的公司，他们的情况显然比空架子也强不了多少，他们希望拿到租地之后，再转手给一家资金实力雄厚的公司，以交换一部分生产出来的石油，另有一些公司，其中包括西方石油公司，虽然财力不足，但至少具有经营石油工业的经验。利比亚政府允许一些规模较小的公司参加投标，因为他们首先要避免的是遭受大石油公司和大财团的控制，其次才会去考虑什么资金有限问题。

皇叔败走投袁绍

哈默尽管曾于 1961 年受肯尼迪总统的委托到过利比亚与伊德里斯国王建立了私人关系，且伊德里斯一世在托布鲁克王宫一次欢迎会上真诚地对哈默说：“真主派您来到了利比亚！”这比别人稍稍有利。但在第二轮租借地的争夺战中，同一批资金雄厚的大公司相比，哈默无异于小巫见大巫，只不过是一名讨价还价的商人而已。此刻，在灼热的利比亚，同那些一举手就可以把他推翻的石油巨头们进行竞争，同时还要分析估量那些自称可以使国王言听计从的大言不惭的中间商们所说的话到底有多少真实性，对哈默来说的确处境很不利。但哈默就是哈默，绝对不会因此而气馁，善罢干休不是他的作风。一个年轻时就曾远涉重洋与列宁打过交道的人，他明白，为能在第二轮租借地的谈判中挫败实力雄厚的竞争对手，只能巧取，不能豪夺，而惟一可行的方案就是暗中向利比亚政府申请：如果西方石油公司能得到租借地，将给予政府诸多好处，也请利比亚政府给予西方石油公司比其他竞争对手更优惠的条件。

哈默在随后的投标上，来了个“明修栈道”——采取了与众不同的方式：他的投标书采用羊皮证件的形式，卷成一卷后用代表利比亚国旗颜色的红、绿、黑3色缎带扎束。在投标书的正文中，哈默加上一条，西方石油公司愿从尚未扣除税款的毛利中取出15%供利比亚发展农业之用。此外，投标书还允诺在库夫拉图附近的沙漠绿洲中寻找水源，而库夫拉图恰巧就是国王和王后的诞生地，国王父亲陵墓也座落在那里。

挂在招标委员会鼻子前面的还有一根“胡萝卜”，西方石油公司将进行一项可行性研究，一旦在利比亚采出石油，该公司将同利比亚政府联合兴建一座制氨厂。

1966 年 3 月，哈默的暗渡陈仓果然成功，同时得到两块租借地，其中一块四周都是产油的油井，并有 17 人投标竞争这块土地，且多是实力雄厚的知名公司，可结果个个名落孙山，惟有西方石油公司独占鳌头；另一块地也有 7 个人投标，但最终还是归在了西方石油公司名下。这第二轮谈判招标的结果使那些显赫一时的竞争者大为吃惊，不明其所以然，深深为哈默高超的谈判手段、技巧而叹服。

夺得这两块租借地后，西方石油公司凭着独特有效的经营管理，使之成为其财富的源泉。1967 年 4 月，西方石油公司的黑色金子流到了海边，在那个令人难忘、规模庞大的纪念日，仅庆典就用去整整 100 万美元之巨。

实力弱小的西方石油公司，之所以能在强手如林的众投标者中独占鳌头，一举夺得两块租借地，关键在于他在明修栈道、引人瞩目的大动作下，暗中又来了暗渡陈仓的小动作，致使利比亚政府在哈默提供的利益允诺的诱逼下，天平倾向于西方石油公司，哈默取得了招商谈判的巨大成功，招商竞标的结果大大出人意料。

暗渡陈仓巧推销

下班回家，H先生坐在沙发上得意地吐着烟圈，脸上带着掩饰不住的舒心的笑意。原来，他那宝贝女儿考上了名牌大学！这时，H先生发现了桌子上有一封信——这是一封某电器行寄来的贺卡。上面写道：“我们衷心祝贺您的女儿N小姐幸运考上大学。为表示贺意，你是否向N小姐赠送一台最有纪念意义的随身听?”“啊，这么有心，当然应该!”眉开眼笑的H先生觉得十分光彩，于是毫不犹豫地掏出腰包。

这是某电器商行暗渡陈仓的一个推销手段。原来，这商行的经理别出心裁，平时就处处留意顾客，并整理和建立顾客的各种材料档案。“档案”中特别设有顾客子女一栏，记录其姓名、年龄、就读学校等各种资料。于是，当每年各学校的升学考试结果公布后，电器商行即针对子女考上中学或大学的顾客，专门寄一封贺信，并在贺卡上顺便推销最适合作为学生贺礼的各种收录音机。这一招往往是奏效的。要知道，这一份成本不过一角几分钱的贺卡，其中会蕴藏着心理上温馨的魔力，当受贺者由此而产生购买行为时，这个数字就是个很惊人的数字了。

M 市某眼镜店的例子也说明了问题。店经理平时就很注意整理顾客资料。每当一个新顾客光临时，经理便亲切地请顾客留下生辰年月日，然后赠送一小礼物。此后，每当这位顾客生日时，眼镜店便会寄上一份生日贺卡，并询问所配眼镜使用得是否舒适，还欢迎随时到店里免费检查——在忙碌的生活环境中，不要说朋友，即便是父母有时也会忘记子女的生日，而眼镜店的这一招，便大得人心！许多顾客便“忠诚地”成为眼镜店的老主顾。有一位女顾客，在连续三年收到这生日贺卡之后，竟然在远嫁到 T 市时，还利用回 M 市的机会，专门到这眼镜店多配了一副眼镜。

以上所举只是两个例子。但举一反三，有心者不是可以一试吗？比如医药店的可以在顾客庆祝双亲的六十大寿时寄上贺卡，顺便推销按摩器、电子血压计等产品。而钟表店的则可以推销钟表等等。当然，运用这一招，对顾客的资料、“档案”就是一定要准确、真实、以免弄巧成拙。

暗渡陈仓存酒的策略

现代人变懒了。然而也正因为如此，引来了滚滚财源。人们懒得洗衣服，洗衣机才好卖；人们懒得走路，汽车才畅销；人们懒得动弹，才有了优秀周到的服务行业。

近来，香港酒店业兴起了一个新的服务项目——代客保管剩酒。也就是将顾客喝剩的酒保管起来，陈列在一个精致的玻璃柜内，使所有人都看得见，瓶颈上吊有一个制作精美的卡片，标明主人的身分。这个服务项目有什么作用呢？它虽是一个小点子，却有着惊人的效果！

顾客来买酒时说只能喝半斤，店员说没关系，买一斤去（一瓶），喝不完我们可以替你保管，你下次随便什么时候来喝都可以。

顾客会为这种新颖的服务方式感动，同时看到别人的酒放在那样显眼的玻璃柜内，想自己的也放在那儿，顿获一种满足感。

当顾客离去时，店家会赠给一种小礼物，类似戒指、手表一样可以戴在手上，也可像胸饰品一样挂在胸前。这种小礼物用来证明顾客在店里还保留一些酒。同时也起到重要的提示作用。顾客经常看到它，也就提醒他该去喝酒了。

下次他来喝酒，肯定是只选这一家，不会跑到别处去了。

代客保管剩酒不光巩固了回头客，还增加了酒家的光彩。代为保管，顾客对店家有一种在家中用餐的感觉，这是非常重要的饭堂心理。

后来，这套点子又发展成为代客保管碗碟。因为人们都讲究卫生，害怕传染疾病，不喜欢用别人用过的碟、筷子、刀叉等餐具。饭馆还实行对来就餐次数多的顾客送一套餐具给他专用，吸引他常来用餐。

这些饭馆保证了顾客的清洁卫生，对他们服务周到，还让他们得到了特别照顾。他们都成了这些店家最忠实的顾客。

从表面上看，酒店、饭馆采取的只是一些新的经营方式，但实际上他们是为了更好地吸引顾客。看来酒店老板很会使用“明修栈道，暗渡陈仓”之计。

“明修栈道、暗渡陈仓”是指酒店表面上是为顾客提供方便，而实际上是在牵制他们，使之“不会跑到别处”。

现代商业越来越重视从各个方面研究消费者，不光以实利诱惑，也通过多种形式来增强顾客消费的欲望，乍一看是企业为社会、为大众服务，实际上还是从公司立场出发，为公司利益着想。

暗渡陈仓福特计胜道奇

1902年，福特汽车生产出福特“T”型车。今天，亨利·福特公司已成为世界第二大汽车公司，亨利·福特当之无愧地被称为“汽车大王”。但这位“汽车大王”在坐汽车王国霸主的位子时，也碰到过小小的麻烦。

1916年11月的一天，福特被报纸上的一个大标题惊呆了，上面写道：“爆炸性新闻！道奇兄弟状告福特！”原来，道奇兄弟反对进一步降低T型车的价格，反对福特汽车公司进一步扩大生产，状告福特侵犯股东利益，有意形成对汽车业的垄断，并要求公司拿出巨额利润进行分红。

直到1919年3月，法庭才宣判：福特先生降低T型车价格的利他主义精神值得提倡，然而，作为公司的管理者，福特有义务向股东分发红利。法院判决福特必须分发不低于1900万美元的利润，同时，他可以把剩余的一半利润用于扩大投资。

尽管以福特公司的财政状况完全可以给股东发放高额红利，但福特对法院如此判决并不满意。那些股东们只在公司创建之初投了一点钱，此后再不为公司的发展尽什么力，而现在却要伸手要钱，福特太不满意这些股东了。他想，怎样才能让这些股东自愿离开公司呢？福特心中有了个好主意。

第二天，福特宣布辞去福特公司总裁的职务，新的总裁由他的儿子担任。不久，报纸上也登出了新闻：“亨利·福特正准备成立一个巨大的新汽车公司！”新闻说这个新的汽车公司全部由福特家庭控股，新公司肯定会超过现在的福特汽车公司，在新公司里，福特可以随心所欲地生产便宜实用的大众车。

屯土山关公约三事

看了这则新闻，福特汽车公司的股东们着急了，福特汽车公司在福特的儿子任总裁后还会前途无量吗？

自己手中的股票又会怎么样？自己的利益会受损吗？正在他们彷徨时，一个中间人出来了，他愿意做他们出让这些股份的中间人。股东们为了维护自己的利益，正巴不得手中的股票早些出手呢。那么，到底谁愿意在这时收买这些股票呢？这个人当然是亨利·福特。福特花了1.06亿美元全部买下了股东们手中的福特汽车公司的股票。

其实，福特才不会轻易放弃自己的公司，这是他多年心血的结晶。他只是采取了一个小小的手段，赶走了那些只会对公司指手划脚的人。现在，福特汽公司已经成为了亨利·福特的家族公司。

福特为达到排除其他股东独享收益的目的，放出另建汽车公司的消息，并辞去公司总裁职务，以此迷惑道奇兄弟等众股东，而暗中却收买福特公司股票，这是显而易见的暗渡陈仓的手法。

乘夜宴夺取昆仑关

北宋名将狄青，在与敌军交战中，常常利用将士对神灵的虔诚心理，来激励士气，战胜敌人。

公元1052年狄青挂帅领兵进攻盘踞笆州（州治今广西笆宁县）反抗宋朝的蛮族领袖侬智高。大军进到桂林南面，发现一座古庙。狄青令部队停止前进，集合将领到庙里去求神问卜。他带领众将跪在神像面前，装着十分虔诚的样子，口中念念有词："在下狄青祈求神灵保佑我军旗开得胜，愿上神给以明白的显示。我将手中的100枚钱撒在地上，如蒙上神保佑则钱面全部朝上，如果……"这时跪在狄青周围的将领沉不住气了，不等他说完就连忙劝阻。因为当时的钱是圆形铜片，中间有个方孔，钱正面铸有××通宝，涂上红色，背面则是不涂颜色的图案花纹，把100枚钱撒在地上，哪有钱面全部朝上的巧事？一旦钱面不是全部朝上，就说明神灵不予保佑，首先沮丧了士气，传出去又要影响民众的情绪，敌人知道了还会长其士气。这是多么轻率的赌博啊！可是就在众将劝阻之时，猛听哗啦一声响，铜钱撒了满地。众将担惊受怕地往地下一看，遍地通红，竟然是100枚铜钱全部钱面朝上。众人齐声欢呼，感谢神灵保佑。这情况传到部队中，士兵们也是一片欢腾，大大增强了克敌制胜的信心。狄青高兴地吩咐说："快拿100个钉子来，把钱钉死在原处，等到打了胜仗再回来取钱，一定要重修庙宇，答谢神灵的保佑。"然后全军便兴高采烈地出发了。

狄青率军到达昆仑关以北的宾州（今广西宾阳县），正是皇佑五年正月中旬，临近元宵灯节之时。他命令各部放假10天，准备好5天的干粮，休息待命。在节日期间，安排了3天庆贺佳节的宴会。第一天宴请将领，第二天宴请军佐，第三天宴请军校。欢宴的第一天正是正月十五日，晚上月明如昼，到处张灯结彩，好不热闹。狄青亲自主持筵宴，畅饮通宵，尽醉方休。第二天狄青又是亲自主持筵宴。饮酒行令到二更时分，突然乌云遮月，风雨交加。就在这时，狄青口称身体不爽，退到后面去休息。不多时派人传令："元帅请孙沔将军代为劝酒，吃药后再来陪宴。"赴宴的将佐一面饮酒，一面等待。可是，直等到五更天仍不见元帅回席。正当人们昏昏欲醉之际，突然跑来一名军使，大声传呼道："元帅在三更时已攻破昆仑关！"这个出人意外的捷报，使很多人目瞪口呆，不敢相信。

原来狄青下令放假10天，饮宴3天，都是麻痹敌人的计策。当昆仑关上的敌军探知宋军放假休息，放松戒备的时候，狄青却暗中进行了侦察，把昆仑关内外地形和军事设施摸得一清二楚，把守关的兵力部署查得明明白白。接着详细布置了各部袭击昆仑关的任务，做了充分的准备。到元宵佳节已经是车马齐备，专等号令了。由于军令森严，谁也不敢走漏风声，连没有受领任务的将领都一无所知，昆仑关上的守军更无从了解内情。直到狄青离席传令军队出动时，守军还以为宋军在欢宴畅饮，也聚众畅饮起来。就在此时，狄青却亲自率领部队，冒着风雨，踏着泥泞的道路，正艰难地向昆仑关进发。由于守军毫无戒备，所以宋军一直进到关前，守军还未发觉。及至宋军断锁登城杀进关去，守将们还在猜拳行令。宋军经过一番追杀格斗，顺利地攻取了昆仑关。

狄青攻占昆仑关之后，接着攻取笆州，斩杀敌军首领黄师宓、侬建中、侬智中，毙敌数千，缴获大量钱财和军用物资，侬智高落荒逃走，宋军大获全胜。

狄青凯旋班师回朝，路经桂林，专门到问卜的古庙中取钱谢神。当众人拔掉钉子一看，原来钱的两面都铸有字并都涂了红色，这时才知道狄青耍了手段。

第九计 隔岸观火

【原文】

阳乖[①]序乱，阴以待逆。暴戾恣睢[②]，其势自毙。顺以动豫，豫顺以动[③]。

【注释】

①阳乖：阳，公开；乖，不和谐。意为内部矛盾公开化。

②暴戾恣睢：暴戾，残暴，凶狠；恣睢，放纵暴戾貌。

③顺以动豫，豫顺以动：《易·豫》卦："彖曰：豫，刚应而志行，顺以动，豫。豫，顺以动，故天地如之。"豫，喜悦貌。《豫》卦为坤下震上，坤为顺，震为动，故称顺以动。此句意为：顺应自然之性而行动，就会取得成功；要取得成功，就该顺应自然之性而行动。

【译文】

当敌方内部矛盾趋于激化，秩序混乱，我方便静待它发生暴乱，敌方反目成仇，势必自取灭亡。顺应时势而行动，就能象《豫》卦所说的那样，要达到令人喜悦的目的，必须顺应时势行动，不宜操之过急。

【按】乖气浮张，逼则受击；退而远之，则乱自起。昔袁尚、袁熙①奔辽东，尚有数千骑。初，辽东太守公孙康②恃远不服，及曹操破乌丸③，或说操遂征之，尚兄弟可擒也。操曰："吾方使康斩送尚、熙首来，不烦兵矣。"九月，操引兵自柳城④还，康即斩尚、熙，传其首。诸将问其故，操曰："彼素畏尚等，吾急之，则并力；缓之，则相图，其势然也。"或曰："此兵书火攻之道也。按：兵书《火攻篇》，前段言火攻之法，后段言慎动之理，与"隔岸观火"之意亦相吻合。

【注释】

①袁尚、袁熙：东汉末袁绍的两个儿子。袁绍败后，他们逃奔西乌丸；乌丸破，又投奔辽东公孙康，为公孙康所杀。

②公孙康：东汉末辽东太守，公孙度之子。先割据辽东，后因斩袁尚、袁熙有功，被曹操封为左将军。

③乌丸：即乌桓，东胡族的一支，居乌桓山。

④柳城：治所在今辽宁朝阳南。

【译文】

敌方内部自相倾轧时，如果乘机施加压力，就立刻会遭到还击；如果远远避开，则其矛盾就会更加激化。过去袁尚、袁熙逃往辽东时，还有数千骑兵。起初，辽东太守公孙康因恃于地区偏远，一向不肯服从曹操。待曹操击败乌丸之后，有人建议应乘胜征讨公孙康，并一举擒杀袁氏二兄弟。曹操说："我现在正设法使公孙康杀掉二袁并把头送来，用不着再劳师远征了。"九月，当曹操从柳城回师后，公孙康果然杀死二袁，并把首级献来。众将不解，问曹操"这是为什么"，曹操回答说："本来公孙康向来惧怕二袁吞并，今二袁往投，他必猜疑。如果我出兵急攻，他们就会合力抗拒；如果放任不管，他们就会马上自相火并。这是必然的趋势。"有人认为这是兵书《火攻篇》原理的应用。按《孙子·火攻篇》前部谈到火攻的方法，后部则论及慎于用兵的原理，恰好与隔岸观火的道理相吻合。

【计名探源】

三国时曹操对公孙康、袁氏兄弟就是采取这种策略，但尚未形成词组。（见三国志·魏志《武帝》）唐、乾、康《投谒齐已》："隔岸红尘情似火，当轩青嶂冷似冰。（见《全唐诗·第十二函·第五册））梁启超《钦冰室文集·五·呵旁观者文》："旁观者，好立于东岸，观西岸之火灾，而望其红尘以为乐；如立于此船，观彼船之沉溺，而睹其凫浴以为观。"

【评语】

此计的要点是：不介入敌方内部互相残杀、自相火并、互相倾轧等激烈的矛盾冲突；对此应坐以静观，相机而动，从中渔利。这与"坐山观虎斗"有相同之处。《十一家注孙子·军争篇》："以治待乱，以静待哗，此治心者也。李筌注曰："伺敌之变，因而乘之。"在实际运用中，要审时度势，根据实际情况灵活运用。

古人认为，当敌方内部自相倾轧之时，如果随意施加压力，就会适得其反，遭到致命的反击；如果远远避开，那它的矛盾就会更加激化。

【战例】

一战中的美国

为了争夺世界霸权和重新瓜分世界，同盟国和协约国两大帝国主义集团进行了空前规模的第一次世界大战。参战的国家共达 33 个，英、法、比、德、奥、日、意、罗、中等国相继参加战争，战火从欧洲蔓延到中东、远东和非洲。参战国家之多，战火蔓延之广，战争规模之大，在人类历史上都是空前的。而美国这样一个日益强大的帝国在相当长一段时间内却一直静坐旁观，直到 1917 年 4 月，才被迫对德宣战。

大战爆发后，美国对形势作了如下分析：如果协约国方面取得胜利，那就意味着欧洲大陆大部分将被沙皇俄国统治；而如德国胜利，那德国将成为美国的祸患，于是，美国决定采取坐山观虎斗，从中渔利的方针。大战头几年里，美国不卷入战争，乘机抢占国外市场。美国总统威尔逊说："和平而体面地征服外国市场，是美国合理的雄心壮志。"在出口大幅度增加的刺激下，美国的钢铁、汽车、化学和造船工业飞速发展。从 1914 年到 1916 年，它的工业总产值由 242 亿美元猛增到 624 亿美元。

由于英国对德国海港实行封锁，从 1914 年到 1916 年，美国对德奥出口减少了 99％以上，而对协约国的出口则增加了 3 倍。经济关系的变化，使美国和协约国各国日益接近。德国实行的"无限制潜艇战"，使美国商船遭到重大损失，也推动了美国采取反德的立场。1917 年 1 月，德国外交部指示其驻墨西哥公使，诱使墨西哥同德国结盟反美，这份电报被英国破译，由美国报纸公布，更在美掀起了一股反德浪朝。1917 年的俄国二月革命，表明俄国已经内外交困，美国政府深恐俄国在革命后期会随即退出战争，使德国得以集中兵力，加强西线打败英、法。如果那样，美国借给英法的亿万贷款，就将付之东流。正是基于上述背景之下，美国于 1917 年 6 月 4 日正式对德宣战。

美国对德宣战后，便大规模地扩充军队，先后派遣 200 万人，在潘兴率领下开赴欧洲战场。美国海军协助英国海军，参加了对德军的封锁和反潜艇战，大大减少了协约国商船的损失。美国对协约国的军火和其他物资供应，也迅速增加。而作为偿付手段，协约国的黄金则源源不断地流入美国。战前，美国只存有黄金 19 亿美元，战后达到 45 亿美元，占世界黄金总储存量的二分之一。战前，美国欠外债 60 亿美元，待大战结束时，不仅还清了全部外债，还对外放债 103 亿美元。美国利用第一次世界大战，先是隔岸观火，最后趁机参战，结果一跃成为执世界经济之牛耳的政治经济大国。

刘知远坐山观虎得中原

五代时，后晋主与河东节度使、中书令、北平王刘知远相互猜忌。虽然任命刘知远为北面行营都统，也只是有职无权，徒有虚名罢了，各部的行动，他事先一点也不知道。刘知远因此大量招募私兵；阳城一战，各军的败兵溃勇归附于他的就有几千人，同时，又得到吐谷浑的财产牲畜，成为各藩镇中的强者，步骑兵加起来有五万多人。

后晋主和契丹不和，刘知远断定晋主必是凶多吉少，但他从未加以劝谏。契丹屡次深入进犯，刘知远都置之不理，等到契丹占据大梁的消息传到，刘知远才开始分兵守护四方边境以防备侵袭。随后又派遣客将安阳人王峻向契丹主奉上三道表章：一是祝贺契丹进入大梁；二是说明太原是夷、夏人杂居共处之处，守防士卒屯聚，所以不敢离镇亲自前往朝贺；三是本应献上贡品，但正值契丹将领刘九一的军队从土门西入屯于南川，太原城中人心忧虑恐惧，待召还此军，道路畅通，才可以将贡品送入。契丹主见表章后赐予诏书，称赞表彰，在亲自审批诏书时，又在刘知远的姓名上加上“儿”字，以示亲近，并赐给木拐。按照胡人的传统，受礼遇优待的大臣，才能赐予木拐。

刘彻计除公孙贺

汉武帝刘彻到65岁的时候性格变得十分多疑，有一次他梦见有人要刺杀他。于是派人追查但始终没有结果。正在这时传出丞相公孙贺之子公孙敬声贪污。武帝大怒，公孙贺进宫求情。

公孙贺本来是汉武帝为太子时的舍人，武帝即位后，提升为太仆。他上朝居宰相职，则是因为他与武帝的姻亲关系。公孙贺的妻子君孺，是汉武帝皇后卫子夫的嫡亲姐姐，卫子夫是自陈皇后之后，为武帝宠爱的一个妃子。元朔元年（公元前128年）春，因生男儿据，乐得武帝开怀大笑，随即子夫被立为皇后。卫氏宗族，也因为子夫的得宠，泽及全家及亲属。子夫同母异父的弟弟卫青封长平侯，官大将军，他们三个襁褓中的孩子，都被封列侯。子夫的侄儿霍去病，官至骠骑将军，封冠军侯。卫氏家族因一人得道，鸡犬升天，当时有民谣说："生男无喜，生女无怒，独不见卫子夫霸天下。"公孙贺正是沾着卫子夫的荣光，被武帝恩宠有加，先是封侯，太初二年（公元前103年）拜为宰相。公孙贺居朝之初，亦能小心处事，谦逊待人，仅仅过了三五年，他就恃宠弄权起来，变得贪婪奢侈。他的儿子公孙敬声，也是靠着与卫皇后的裙带关系，做了太仆，位列公卿，但不修道德，为人恣横不法，目中无人，为奢侈贪财，竟然贪污挪用军费。儿子下狱之后，平时不事子女教育的公孙贺，为挽救儿子的生命，赶紧进宫，为公孙敬声求情。

汉武帝在殿中接见了公孙贺，公孙贺开口一声请罪，要求武帝允许自己追捕阳陵大侠朱安世，以此为儿赎罪。朱安世是阳陵（今陕西高陵县西南）人，后来他到长安，经常劫盗王公贵族家财，一时京师震动，皆知京师大侠神出鬼没，行侠仗义，官府奈何不得。汉武帝听说后，专门下诏，要求通缉捉拿，可是一直没有捕获。武帝听公孙贺要擒朱安世为儿子抵罪，思虑良久，点头允准公孙贺所奏。

公孙贺为救儿子，情急之下，也不思要捉拿的朱安世是何等人物，会给自己带来什么样的后果，就利用丞相之权，下令四处派兵收捕。说来也巧，汉武帝久寻不获，公孙贺倒是手到擒来，不过一旬，朱安世被士兵发现，围捕俘获，下到京师大牢。朱安世入狱后，悉知自己此次入狱，是公孙贺为救儿子，专意做的手脚，大声说道："我看公孙贺自己死到临头，就要祸及宗族了。"于是主动向狱卒索要纸笔，上书朝廷，文中写道："公孙贺的儿子公孙敬声与皇上女阳石公主私通，还指使下人在通往甘泉的驰道上掩埋木偶，祭诅皇上。"武帝晚年，虽然自己喜爱礼神求仙，招鬼用巫，却又最厌别人用巫蛊之术，担

三十六计之隔岸观火

心自己遭咒被祸，所以见到朝官转奏的朱安世的上书，即刻下令捕公孙贺父子入狱，吩咐廷尉杜周审查此案。

杜周是继张汤之后，又一有名酷吏，以善领武帝心意，置法不顾，变通刑狱而著名。他经常说："帝王的圣旨就是法律，"受命之后，他猜透汉武帝的心思，知道当初公孙贺是以卫皇后的姐夫做上丞相，现在正因为他是卫皇后的亲戚，又居丞相之位，对于武帝新宠幸的钩弋夫人不利。于是任意罗织公孙父子的罪名，

穷治狱案，定公孙贺、公孙敬声死罪，全家灭门。不久，诏旨下达，公孙贺父子被杀于狱中，家门九族株连被杀。卫皇后的亲生女儿诸邑公主，卫皇后内侄、大将军卫青儿子卫伉及与公孙敬声要好的阳石公主，皆连坐被杀。

公孙贺父子等人被杀，实质是汉武帝刘彻布置的一场有预谋的政治屠杀。自从卫子夫生子为后之后，卫氏家族势力在西汉朝廷急剧膨胀，卫皇后所生子刘据七岁就立为皇太子，卫后则主持内宫。武帝好出征，常把后事托咐太子，太子刘据主事时，亦勤勉操劳，在为政侍事方面，宽容人臣，又经常劝谏父皇。太子势力的慢慢形成，在治政方针上与父皇常相抵触的情况，引起了好弄权术的武帝警觉。而到了这时候，卫氏家族在朝中功高权大的霍去病、卫青两个大将又相继去世，卫皇后在朝势力减弱，平衡武帝随意对卫氏开展行动的权力制约力量已不存在，加上卫皇后年老色衰，厌旧喜新的汉武帝这时宠幸的是居住尧母门的钩弋夫人赵婕妤，赵于太始三年（公元年 194 年）生下贵子弗明，因怀胎十四个月所生，与尧母十四个月生尧相同，相信迷信的武帝刘彻视为天命显灵，弗明生下不久，就欲改立他为太子，这样就必然要与卫皇后、太子刘据为代表的卫氏势力发生冲突。谋杀公孙贺父子等人，正是武帝刘彻打击卫氏外戚势力，企图废长立幼而进行的一次政治尝试。公孙贺不过是一场政治阴谋中的第一批牺牲者。

我们从公孙贺父子被杀经过可以看出，刘彻在这场政治阴谋中，首先上演的是一出隔岸观火，坐收渔利的开场戏。公孙敬声贪污巨额军费，对好用酷吏苛法的汉武帝来说，没有立即严刑穷治，却允准公孙贺去追捕一个自己多年缉捕而未获的阳陵大侠朱安世来抵罪，这事本身就耐人寻味，在刘彻看来，朱安世为乱京师，使朝廷颜面屡遭折辱，公孙贺前去捉拿，不是一件易事。如果公孙贺未能擒住，到时候不仅能治罪公孙敬声，再定个公孙贺欺君死罪，亦是顺理成章的一件事，如果能捉住朱安世，一可除害，二是阳陵大侠并非好惹，公孙贺必将付出很大代价，自己可以坐观公孙贺与朱安世争斗，然后再寻机下手。后来果然不出汉武帝所料，朱安世被擒获了，但表面赢家的公孙贺非但没有得到实惠，反而招惹更大祸害。阳陵大侠囚中上书，把公孙贺父子罪行全部兜出，而且找到的罪由是汉武帝最为忌讳痛恨的巫蛊之事，刘彻如何能饶过公孙父子？值得疑问的是朱安世囚中上书的启端，是有人详细告诉了他公孙父子捕朱抵罪的前因后果，史书中虽然没有明确写出是谁所讲，但有一点非常清楚，公孙贺父子案的经手之人，如江充、杜周，都是武帝亲近之人，这中间做些手脚，有意唆使朱安世上告公孙贺父子，也是极有可能的。朱安世的上书，结果使汉武帝成了这场阴谋中的最大赢家，骚扰京师的阳陵大侠被除去了，作为卫氏家族在朝中势力代表的丞相公孙贺父子满门诛杀。卫皇后的女儿被杀了、卫青的儿子长平侯卫伉也被杀。这一切为紧接着的无中生有构陷栽诬太子刘据、卫皇后，施行大规模地驱除卫氏势力，扫清了路障。

曹操隔岸观火平河北

曹操与袁绍官渡一战之后，袁绍大败，公元 201 年，袁绍又败于仓亭津，从此一蹶不振。袁绍率军遭失败，心中十分恼怒，不久，口吐鲜血而死。袁绍死后，留有三子，即袁谭、袁熙、袁尚。三位兄弟都想夺取地盘，貌合神离，互相不满，但是面对曹操的大兵压境，仍然联合一处共抗曹军。建安八年（公元 203 年）春 3 月，曹操以重兵围攻黎阳外城，袁氏兄弟被迫出城迎击，被曹操打得大败，连夜溃逃冀州，曹军直追到冀州治所邺县。曹操诸将领都建议曹操乘胜攻取，曹的谋士郭嘉却对曹操说："袁绍死后，其妻刘氏废嫡立庶，谭、尚之间，矛盾重重，且各立党羽，迟早必有所争斗。现我军压境，彼等自然团结对外，一旦我军撤退，他们为自身利益所系，必将互相攻伐。我等不如暂时放弃冀州，先南下征伐荆州刘表，以等其变，如谭、尚发生火拼，或一伤一亡，或一弱一走，那时我再回师，冀州即可一举而定。”曹操认为郭嘉之言有理，于是撤军南下，直指荆州，征伐刘表。

曹操退兵之后，袁谭对谋士郭图、辛评说：“我为长子，不能继承父业，袁尚乃继母所主，反而继嗣主位，我实在不甘心。”

郭图说：“主公（指袁谭）可屯兵城外，以请袁尚、审配（袁尚的谋士）饮酒为名，暗中埋伏刀斧手，将他们杀掉。”

恰好此时袁谭的一位朋友叫王修的从青州来，袁谭向其说了准备杀袁尚的计划。王修听了大吃一惊，劝他说：“兄弟之间就像人的左右手一样，特别是在目前与人争斗的情况下，万万不可互相残杀，否则，断其‘右手’，今后怎么能战胜人家呢？兄弟之间互相残杀，就中了人家的离间计，请你塞上耳朵别听那一套。”

袁谭不听王修的话，一意孤行，按照郭图的计谋，派人去请袁尚。

袁尚与审配接到袁谭要他们赴宴饮酒的邀请后，审配对袁尚说："这是郭图的阴谋，主公若往，必遭奸计，不如借此机会攻打他。"

袁尚采纳了审配的意见，领兵五万攻打袁谭。袁谭一看到袁尚便骂道："你毒死父亲，篡夺了主位，今天又领兵来杀哥哥，实属大逆不道。"于是兄弟两个在阵前你来我往打了起来。结果，袁谭不敌大败，退居平原。

隔了一段时间，袁谭气愤不过，急于报仇，再次领兵进攻冀州打袁尚。经过一番激战，袁谭又败，再退向平原。此时审配劝袁尚说，不要给袁谭喘息的时间，可一鼓作气穷追猛打，不使他再有卷上重来的机会。于是袁尚乘势追杀，袁谭抵挡不住，退入平原后坚守不出。

袁尚将平原包围起来，昼夜攻打。平原危在旦夕，袁谭命亦难保。

在这种情况下，郭图对袁谭说："现在城中粮少，而袁尚的军队锐气不减，我们恐怕抵挡不住。我意可派人到曹操那儿，说我们向他投降，请他带兵攻打袁尚的老窝冀州，袁尚必然回救，我们即与曹操前后对其夹击，擒获袁尚。击败袁尚之后，我们再加上袁尚的军队足可以抗拒曹操，而曹操的军队远道而来，粮草不继，不能支持长久，时间一长，不击自退，我可以得到冀州。”

袁谭采纳了郭图的建议，派谋士辛评的弟弟辛毗星夜往见曹操。

曹操看了袁谭投降并要求其攻打冀州的信后召集谋士商量。荀攸说：“袁氏据四州之地，有数十万人马，假若他们兄弟二人团结和睦，共图大业，很难说成不了大事。因此，我们可乘他们兄弟之间互相争斗、且袁谭不敌而投我的机会，先出兵灭了袁尚，尔后再灭袁谭，一定天下，这个大好机会万万不可失去。”

曹操大喜，于是引兵渡河攻打冀州。袁谭听说曹操真的回师北上，攻打冀州，以为曹操中计，心中大喜。当曹操回军进入冀州地界，袁尚闻报，撤离平原，回救冀州。袁尚将领吕旷、吕翔兄弟投降了曹操，袁谭知道后，却暗送两颗将军印给吕氏兄弟，令其以后攻曹时作内应。他哪知曹操早在辛毗乞降求援时，已知其诈；这时为安定袁谭之心，合力攻取冀州，便假意将女许配给袁谭。

在曹操围攻冀州治所邺县时，袁谭并没有出兵协助曹操攻打邺县，却从平原直取冀州之甘陵、安平、勃海、河间等地。袁尚哪里抵得过曹操及袁谭的两路兵马，惨败逃入中山，投向袁熙。袁谭遂收袁尚之众，欲与曹对抗。曹操闻之大怒，便回军攻打平原，袁谭终不能敌，败守南皮，在混战中为曹军所杀。于是曹操平定了青、冀两州。建安十一年春又平定并州，高斡逃走。

袁尚、袁熙知曹操已杀袁谭，占据青、冀、并三州，又领兵向幽州进逼，自知难以抵抗，遂投奔乌桓。曹操欲乘此一举平定东北方，彻底解除今后进兵南方的后顾之忧，遂又向乌桓进兵。

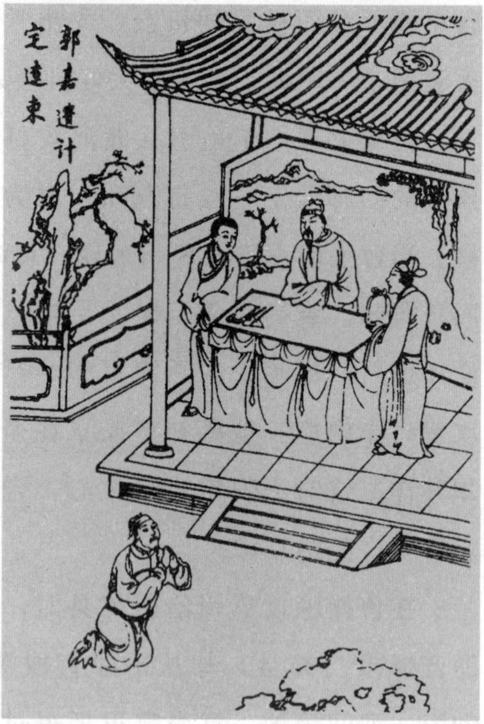

郭嘉遗计定辽东

乌桓为东胡一支，居住辽西草原，其部落首领过去都曾受过袁绍的恩惠，其中辽西单于蹋顿，与袁绍关系密切。当曹操大军进抵白狼山（今辽宁喀喇沁左翼东境）时，正遇袁尚、袁熙、蹋顿等带领乌桓人马数万，前来复仇。白狼山下一仗，蹋顿战死，人马全散，袁尚、袁熙又率少数亲随投奔辽东太守公孙康。

曹操平定乌桓后，诸将都主张一鼓作气，征伐辽东，擒拿袁尚、袁熙。但曹操却下令回师许昌。他的一些文臣武将对曹操这一决定非常不解：因为辽东从地理、气候条件来说，都便于行军作战，且辽东公孙康自恃远离许昌，没有臣服，现正好乘尚、熙逃奔辽东，一举平之，既能诛袁氏兄弟，又收辽东一郡，怎么不出军向东，反而班师回许昌？可曹操却抚须而笑，说道："勿庸再劳诸将征战，我不日即可得二袁之头。"大家疑惑，但只得依令拔营起程。行不数日，忽报辽东太守公孙康遣人送来二袁首级。曹操接见来使，使者捧出两个木盒，打开一看，果然是二袁之头。来使还呈上公孙康表示臣服的书信一封。

这时曹操才对诸将说："公孙康久畏袁氏吞并，今二袁往投，会疑心重重，当时我若以兵出之，必同心合力迎战，反而欲速则不达；若缓之，公孙康和袁氏兄弟必自相图，到时，不用出兵，辽东即可平定。今公孙康送尚、熙首级，果不出我所料。"

大家听到曹操一番言论，无不称赞曹操料事之明。原来辽东太守公孙康见曹兵势众，兵多将广、文谋武略，料自己定不是曹操的对手。观袁尚，袁熙投奔自已，知其目的不过是鸠夺鹊巢，所以权衡利弊之后。感到不如杀了袁氏，献之曹操，以保全自己。

曹操与其谋士郭嘉对此早已揣测在胸，因此，他们审时度势，认为应不战而坐等袁兵的溃败，于是处处采用“无为而无不为”的作法，隔岸观火，坐山观虎斗，最终不费一兵一卒，轻松地取得了对袁氏割据政权的胜利，并收服了辽东郡，彻底解除了东北之忧，从而专心与吴、蜀抗争。

苏代献计退秦兵

战国后期，秦将武安君白起在长平一战，全歼赵军四十万，赵国国内一片恐慌。白起乘胜连下赵国十七城，直逼赵国国都邯郸，赵国指日可破。

赵国情势危急，平原君的门客苏代向赵王献计，愿意冒险赴秦，以救燃眉。赵王与群臣商议，决定依计而行。

苏代带着厚礼到咸阳拜见应侯范雎，对范雎说：“武安君这次长平一战，威风凛凛，现在又直逼邯郸，他可是秦国统一天下的头号功臣。我可为您担心呀！您现在的地位在他之上，恐怕将来您不得不位居其下了。这个人不好相处啊。”

苏代巧舌如簧，说得应侯沉默不语。过了好一会儿，才问苏代有何对策。苏代说："赵国已很衰弱，不在话下，何不劝秦王暂时同意议和。这样可以剥夺武安君的兵权，您的地位就稳如泰山了。"

范雎立即面奏秦王。"秦兵劳苦日久，需要修整，不如暂时宣谕息兵，允许赵国割地求和。"秦王果然同意。结果，赵国献出六城，两国罢兵。

白起突然被召班师，心中不快，后来知道是应侯范雎的建议，也无可奈何。

两年后，秦王又发兵攻赵，白起正在生病，改派王陵率十万大军前往。这时赵国已起用老将廉颇，设防甚严，秦军久攻不下。秦王大怒，决定让白起挂帅出征。白起说："赵国统帅廉颇，精通战略，不是当年的赵括可比；再说，两国已经议和，现在进攻，会失信于诸侯。所以，这次出兵，恐难取胜。"秦王又派范雎去动员白起，两人矛盾很深，白起便装病不答应。秦王说："除了白起，难道秦国无将了吗？"于是又派王龁攻邯郸，五月不下。秦王又令白起挂帅，白起伪称病重，拒不受命。秦王怒不可遏，削去白起官职，赶出咸阳。这时范雎对秦王说："白起心怀怨恨，如果让他跑到别的国家去，肯定是秦国的祸害。"秦王一听，急派人赐剑白起，命其自刎。可怜，为秦国立下汗马功劳的白起，落到这个下场。

当白起围邯郸时，秦国国内本无“火”，可是苏代点燃范雎的妒忌之火，制造秦国内乱，文武失和。赵国隔岸观火，使自己免遭损失。

秦惠王受计大获全胜

《史记》载：战国时期，韩国和魏国打了一年的仗也没有决出胜负。秦国的大臣们有的说参战好，有的说参战不好，弄得秦惠王左右为难。

于是，秦惠王就此事请教楚国谋士陈轸。

陈轸讲了卞庄子刺虎的故事：“卞庄子看见两只老虎吃牛，立即想去把虎刺死，一个小孩子劝阻他说：‘两虎刚刚开始吃牛，等它尝到香甜滋味的时候必然相争，相争就一定要厮斗，厮斗就会使强壮的受伤，弱小的死亡。这时你再去刺杀受伤的，必定是只杀死一只老虎。而实际上却能得到两只老虎。’卞庄子认为这个主意不错，于是站在一旁观看。一会儿，两只老虎果然争斗起来了，强壮的老虎受了伤，弱小老虎被咬死。卞庄子上去把受伤的老虎刺死，一举得了两只老虎，现在韩魏争战，难解难分，结果一定是强国受损，弱国灭亡。这时再去攻打已经受损的国家，一举两得。

这同卞庄子刺虎的道理是一样的。”

秦惠王采纳了陈轸的建议没有参战，结果大国受损小国灭亡，秦王然后发兵取得了胜利。这可以说是“隔山观火”很好的一个范例。

英迪拉以弱胜强全凭隔岸观火

1966年1月，印度总理夏斯特里突然逝世。消息刚一传出，印度政坛各派便纷纷出马，试图角逐新总理的职位。

英·甘地夫的强劲对手是在国大党内最有资历的德赛和当时的代理总理南达。在各派之中，英迪拉虽有其独特优势，但就其政治实力而言，却算不上强大。然而，在这千载难逢的机会面前，英迪拉绝不会袖手旁观。当夏斯特里的死讯凌晨3点传到首都时，英迪拉表示了自己要参加这一角逐的决心，但她决定不过早地投入角逐，等到政敌们两败俱伤各方力量削弱时再予以出击。

英迪拉表面上无意问津，跟谁都不争夺，而暗地里她却在观察形势的变化，并寻求支持。形势的发展正果如英迪拉所料。德赛虽是党内元老，以惟一的候选人自居，并且似乎总理之位非他莫属。德赛的表现大伤人心，尤其伤害了党内辛迪加派的感情。至于南达，他在尼赫鲁和夏斯特里的内阁中都是第二号人物，他的思想无懈可击，他也想由代总理直接升为正式总理。

英迪拉所盼望的时机终于来到了。各派之争到了白热化程度，而且裂痕很深，很难弥合，这对英迪拉非常有利。由于她在一开始就采取了静观的策略，各派对她比较放心，她几乎没有受到攻击，在公众心中仍保留着完美的形象。看准时机，英迪拉决心马上出击，她像救世主一样来到辛迪加派面前，几乎成了惟一的完美的候选人，她是尼赫鲁的女儿，闻名全国，任何地区或党内任何派系都对她没有特殊恶感。

果如所料，英迪拉在526名党员投票中，获得355票，而德赛仅得169票。成千上万的印度人聚集在议会大厦外面，庆贺她大获全胜。

英迪拉成功之处在于她在自己处于弱势地位时善于守拙，隔岸观火。同时，善于在各种政治力量之间周旋，利用其矛盾，寻求自己的支持。最后终于以弱胜强，登上了最高权力的宝座。

商战之中“捡死鸡”

在我国广东的商场就有“执（捡）死鸡”一说，意即捡到了便宜。这有点令人不解；捡到死鸡怎算捡到便宜?

在美国，有位专门“执死鸡”的富翁。名叫保罗·道弥尔，有一次他听说一家玩具厂因管理不善而倒闭清盘，当即找到工厂老板，以便宜的价值买下这家工厂。他首先找出工厂经营失败的原因，然后制定出了改造工厂经营计划，于是按照自己行之有效的计划重新开工。半年之后，这家工厂由死变活，销售利润颇为可观。

已去世的美国当代石油大王哈默也是个“执死鸡”能手。60年代中期，他听说两家著名的石油公司在利比亚的沙漠扔下不少探油废井，便果断地带领大队人马开往该地，在被判了“死刑”的枯井上又架起了钻机，继续深钻，很快就打出九口高产油井!

近年来，我国也有不少精明的经营者成功地承包了濒临倒闭的商店、工厂，这些“执死鸡”者不愧独具慧眼，生财有道。

张守义是一个退休老工人。他接手长春市白山图片社时，这个图片社只是一个即将倒闭的简易照像馆。经过几年经营，白山图片社已经拥有相当可观的固定资产和流动资金。

白山图片社开办后的第二年，彩色胶片蜂拥市场而黑白胶卷紧缺，不少照像馆和照像器材商店挂出了“黑白胶卷无货”的牌子，本来，偌大的市场，少一两样商品，并不起眼。可是，在白山图片社看来，黑白胶卷紧缺是一个十分重要的信息。张守义认为，现在业余爱好摄影的人越来越多，黑白胶卷自有彩色胶卷不能替代的功能，黑白胶卷需求量越来越大。发展黑白胶卷生产，是一个千载难逢的好时机。于是，他招了5个小青年，立即动手，扩建起了一百平方米的厂房，购置了部分设备，与胶卷厂挂钩，开始生产黑白胶卷。没有多长时间，他们的产品就上市了。市场是公正的，白山图片社共生产黑白胶卷几十万卷，获取利润数万元。

今日的市场，千变万化，没有一项产品可以永坐“皇上”的宝座。白山图片社生产黑白胶卷畅销一年多后，黑白电视机又开始大量涌进群众家庭，市场上出现了“电视机热”。在这股热浪的冲击下，电视机滤色片交了好运。当时，长春市还没有生产这种产品的厂家，外地的产品满足不了群众的需求。他们了解这种情况后，马上转产电视机滤色片。滤色片生产出来以后，要求订货的客户接踵而至。那一年，他们生产电视机滤色片，获得了很好的效益。

“死鸡”为什么能变成“凤凰”？其道理并不深奥：“旁观者清”，别人经营的生意你接过来较容易找出他失败的原因，有些前车之鉴，只要把那些经营的弊病改正过来，自然就会赚钱了。更何况，接手一家破产企业，或别人不感兴趣的东西，代价也很便宜。

朋友，如果你有一定的经营经验和解决困难的能力，不妨捡只“死鸡”试试，有朝一日它会变成凤凰的。不过，你必须先学会“隔岸观火”的方法。

“林先生的股票经”

买卖股票“抢涨卖跌”是一般散户投资者的做股习惯之一。此种顺势而为的听任方式，如果在涨升初期见涨抢进，或是在下跌初期见跌杀出的话，则是无可厚非地能获利。但若在上涨初期不耐久待，便追价买进，或是在下跌末期不耐套牢，便追杀卖出的话，则买到最高价或卖到最低价，吃的亏可就大了。

一般资深者的投资者，由于多年经验的累积，对于“抢涨卖跌”的做法甚是忌讳。由于等待回档才愿介入或等待反弹才愿卖出的保守做法，所以虽然有时候亦会凭白漏掉许多机会，但“有做并非必赚，不做定是不赔”的术语，“不打没有把握的仗”，亦是无可厚非的。

林先生是个标准的散户投资者，由于自有资金少，再加上本身在国家行政单位上班，故虽有余暇研究股票，却无太多的时间到证券行看电动板，而上班时猛听收音机亦不雅观，所以他采取“偶作一档”的半投资方式操作。

“先是小赚，后来大赔”，几乎是绝大多数投资者的经验之一。林先生也不例外。唯其学识较高，深知“亡羊补牢，小投资赚大钱”的道理，花了半天的时间，到书店买了几本有关证券操作的书，熟悉了基本的财务分析、技术性线路操作，甚至大户的习惯性操作技巧等。

悟出些道理后，“多听少讲”乃为林先生的市场哲学，他说，“宁可添上几毛钱，买进会涨的股票，而不愿为贪图几毛钱的低价，买进不会动的瘟猪”，“没有九成以上的把握时，宁可多空不做而观望。”

林先生把“隔岸观火”之计运用到股票当中，取得了丰厚的回报。

隔岸观火巧捉凶手

某翁，莱阳县某村人，务农为生。家有二个儿子、一个女儿。过着吃饱穿暖的生活。次子的品行素来恶劣，每天以喝酒赌博为事。某翁对他十分厌恶，曾以忤逆不孝为由，送交官府，予以惩罚，以引起他警惕。但他出来后，酗酒赌博，还是和原来一样。

起先，邻县某货郎，贩运于各市集间，也常来村中出售做针线活用的东西，因而渐渐和某翁一家熟悉起来。时间长了，表示愿意做某翁的干儿子，呼某翁为干父；对某翁的子女则兄弟相称。某翁的女儿渐渐长大，萌发了情欲，由于亲爱断熟的缘故，与某

救白马曹操解重围

货郎发生了关系。她的父亲和哥哥都还蒙在鼓里。

有一天，某翁从田间扛着铁锹回家。进门来，二个儿子都外出不在，只见货郎与他的女儿神情亲昵，实在看不下去。某翁愤怒到了极点，就挥起铁锹猛击货郎的头部，一下子把他打死在地。还想把女儿也一起打死，但心中不忍且怕把家丑宣扬出去，于是等次子回来，一同把尸体埋到竹林中。又恐怕尸体被狗和狼扒出来，借口防止有人偷笋，围绕竹林，筑起了一道矮墙。自以为计划得详尽周密，连鬼神也莫测高深。一连过了几年，人们也不知道发生过这件事。

有一天，赶上他的次子赌输了钱，回到家里，偷砍竹园里的毛竹，卖掉以偿还赌债。某翁大怒，把次子鞭打了一顿，并赶出门去。这时，次子已经喝醉了，因而号叫起来道："老爷子何必这样苦苦打我？就照那个货郎的样子，用铁锹把我打死，并埋入竹园中，谁又能知道呢？"某翁一听更加愤怒，追上去，要堵他的嘴。次子一面奔逃，一面号叫，跑遍全村。村里人听到后便怀疑这件事，告到村长那里。村长本来与某翁有点矛盾，就与村里人商量道："某货郎一向与他家亲近，很久不见了，这里面难道没有缘故吗？"因而就向官府报案。

当时知县熊某是一位有才干的官吏，接到报案后，拘押某翁父子到庭，进行审问，都不招供。村中有人上堂证明次子所说的话，熊知县对这些证言还不敢轻易相信。于是发公文到邻县，询问货郎这个人还在不在？过了几天，有个秀才穿着的人来到县衙，是货郎的弟弟，已经入学为秀才了。他一面流泪，一面对熊知县陈诉。说："我十三岁那年，哥哥出外贩运再没回家。我当时年幼，不能跋涉崎岖的远途，寻找他的踪迹。大人您发公文来查问，里面不会没有原因。我哥哥究竟是死是活，只有请大人可怜而审清此案。"熊知县知道有货郎这个人，就严词审问某翁父子。但他们和原来一样狡赖，还是问不到实情。熊知县心想："光刑讯也不是办法，应当设法诱使罪犯自己说出来。"于是，熊知县加掷一签，拘押某翁的女儿。这时，他女儿已经出嫁而且生了儿子。拘押到案后，把她和她父亲、哥哥禁闭在一室之中，而且独把她哥哥的大拇指用绳子系住吊在梁上。并派遣几个干练的差役轮流秘密观察他们的动静，一连几天也没有审问。有一天半夜，长子再也忍受不住了，对他妹妹说："你品行不端，丧失廉耻，牵累老父和我。我犯什么罪而代你承受这种无名的刑罚呢？"某翁呵斥他说："你忍耐这暂时的痛苦，我就有希望脱出罪名，并能保全你妹妹清白之名，干吗乱嚷嚷？"妹妹也安慰他："阿哥您忍耐一会儿吧！纵使不念妹妹，难道不顾年老的父亲吗?”长子气愤他说：“你们父女都平安无事，而官府单独把我吊起来，难道我的骨肉特别能忍耐痛苦吗?”话刚说完，几名干练的差役就突然出现，说：“都供出来了，以后还能抵赖吗?”于是父子俩面面相觑，大惊失色。差役连夜回去报告，熊知县当即吩咐点起蜡烛，升堂开审。经此一审，全都服罪了。

同室操戈渔人获利

1986年，珠海光纤公司在引进光导纤维成套设备中，为掌握国际市场行情，先后同几家国外公司进行摸底性谈判。在对价格、利益做了一番认真比较的基础上，最后选定与美国ITT公司进行实质性谈判。

ITT代表团的业务能力相当高明，特别是其主谈判手莫尔，谈判几乎不用语言，全用数字，所有计算无一差错，看来在谈判前是做了大量充分准备的。再看我方代表，并未被对方的盛气凌人所吓倒，没有表现出任何被动，为以最优惠的价格条件达成协议，他们计胜一筹，欲巧妙地利用竞争者之间的矛盾来突破对方的叫价。

珠海光纤公司在前一阶段调查摸底中发现，想同中国做光纤生意的外商很多，存在着一定程度的竞争，在短时间内完全是买方市场。于是他们决定利用这种竞争来压价，以实现自己的谈判初衷。

在确定与 ITT 公司谈判之后，还同时拉了英国的 STC 公司谈判。这两家是兄弟公司，其中 STC 是从 lTT 分离出去的，但为了各自的利益，手足相煎，形同水火。在一次谈判后，英国人故意把两页文件遗忘在现场，这是有意留给美国人的，因为两家公司一直在同一场所与中方谈判，英国人在文件上把价格压得很低，意在使美国人看后知难而退。美国人不知是计，拾到文件后如获至宝，在接下来的谈判中，最大限度地在价格上做出了让步，并很快与中方达成协议。

1986 年 7 月 25 日，珠海特区光纤公司与美国 ITT 公司正式在一份合同上签了字。根据这份合同，光纤公司引进的 ITT 型光纤成套设备及其购买的技术专利都达到了世界 80 年代先进水平，更为引人注目的是中方把美方的报价压下了 186 万美元，为国家节约了一大笔外汇开支，同时也降低了设备购进成本，为企业早日盈利纳税创造了前提条件。

珠海光纤公司关于引进光纤成套设备进行商谈取得巨大成功的根源在于其较好地、适时地运用了“隔岸观火”之技巧，使美 ITT 公司与英国 STC 公司手足相煎，竟相压价，为我方低价买进提供了可乘之机，最终得以坐收渔利。

事实上，在我国外贸体制不完善的条件下，由于各地区在对外进出口过程中，多头对外，竞相削价，互相拆台，甚至有的企业为挣得些许外汇，竟不惜血本地压价，而无视全局的利益，给国家和企业造成损失的事例屡见不鲜。

上海有家公司，以每公斤 6.8 美元的价格向欧共体市场出口糖钠，由于该产品质量可靠，价格合理，公司守合同、讲信誉，该公司出口糖钠在欧共体已经占有较稳定的市场，为相当部分客户所认同，为国家挣得不少外汇。

后来天津和江苏两家公司见出口糖钠有利可图，也想趁机捞一把，于是两公司使出浑身解数，调动各种关系，争先恐后地去电致函外商，了解有关贸易信息，洽谈有关交易条件。

先是天津某公司报价为每公斤 5.4 美元，江苏某公司也不甘示弱，为争得客户，不惜血本，进一步将价格压低到每公斤 5.07 美元。双方同室操戈，相互残杀，使外商们得以悠然自得地“隔岸观火”，待时机一到，外商很快撇开上海与天津两家公司，与江苏某公司达成为数 65 吨的交易，轻而易举地从中渔利压价 10

万美元。

事情发展到这时，尚未结束。据欧共体市场反倾销法规定：如果每公斤糖钠售价低于6.8美元，将要向卖方征交一定数量的“反倾销税”，税率高得让人咋舌，为此，江苏省某公司“偷鸡不成蚀把米”，又被迫征了一大笔税金，教训惨痛。

本交易还有一个严重的后果，那就是使我们的竞争对手美国与韩国“趁火打劫”，占据了有利地位，大有“取而代之”的“英雄气概”。

这个肥水流入外人田的悲惨教训告诉我们：同室操戈只能是两败俱伤，最终给共同的谈判对手提供坐收渔利的机会。兄弟同仁应联手对外，不能急于相煎，为此各方应及时沟通信息，力求避免相互残杀。

诸葛亮坐得荆襄

《三国演义》第五十一回讲了一段诸葛亮坐得荆襄的故事，虽不尽符合史实，但描述得极合情理，对我们理解如何运用“隔岸观火”之计很有启发。赤壁战后，周瑜欲乘势攻取南郡（今湖北江陵东北），认为“南郡已在掌中”。这一点孔明料到，曹操也已料到；而曹操料到这一点，又在孔明所料之内。曹操料到了，所以他令曹仁持破敌之策固守。孔明料到曹操会设兵坚守，所以吴军必急难攻下，于是认为，自己要取南郡，就必须让曹、周鹬蚌相争，以便自己从中渔利，这样既可不战而得南郡，又可让周瑜没话说。周瑜军果然与曹仁拼命厮杀。孔明则派军伏于南郡城郊，料定无论哪家得胜，都会追击，这时伏兵即可乘势夺城。后来果然趁周瑜杀败曹仁，掩兵追杀之际，命赵云夺占了南郡，然后又以南郡曹仁的兵符星夜诈调曹荆州守军来援，再派张飞乘机袭了荆州；又去襄阳，用兵符诈称曹仁求救，诱曹兵出，关羽又袭取了襄阳。至此，孔明未折一兵而得南郡、荆、襄三郡；周瑜拼命厮杀，却一无所得。《三国演义》所描写的诸葛亮使用的这一连串的“隔岸观火”、“乘机取利”之计，真可谓是环环相扣、妙不可言，读后足可使人举一反三，益智增慧。

第十计　笑里藏刀

【原文】

信而安之，阴以图之，备而后动，勿使有变。刚中柔外[①]也。

【注释】

①刚中柔外：《易·兑》卦："彖曰：兑，说（同悦）也。刚中而柔外，说以利贞。"孔颖达疏："外虽柔说（悦）而内德刚正，则不畏邪谄；内虽刚正而外迹柔说（悦），则不忧侵暴。"

【译文】

既要取信于敌，而又让其毫无戒备；我则暗中策划，积极准备，因敌制胜。还要切勿使其察觉和发生变化。这是外表温和而暗藏杀机的策略。

【按】兵书云："辞卑而益备者，进也……无约而请和者，谋也。”[1]故凡敌人之巧言令色，皆杀机之外露也。宋曹武穆玮[2]知渭州[3]，号令明肃，西人惮之。一日，方召诸将饮，会有叛卒数千[4]，亡奔夏境。堠骑[5]报至，诸将相顾失色，公言笑如平时。徐谓骑曰：“吾命，汝勿显言。”西夏人闻之，以为袭已，尽杀之。此临机应变之用也。若勾践之事夫差，则竟使其久而安之矣。

【注释】

①兵书云：“辞卑……谋也”：语出《孙子兵法·行军篇》。

②曹武穆玮：曹玮死后谥武穆，故称曹武穆。曹玮，字宝臣，宋代名将曹彬第三子，十九岁做渭州同知，抗御西夏，多奇谋，善治军，时称名将。

③渭州：今甘肃平凉。

④此处数字似有误，《藏书》记为“十数人”。

⑤堠骑：骑兵侦察员。

【译文】

《孙子兵法》写道：“敌人的言辞谦卑，却又加紧战备，这是要发起进攻的征候；……没有预先相约而请求讲和，一定是另有诈谋。”所以，凡是花言巧语、满脸堆笑的敌人，皆是内藏杀机的外在表露。宋代曹玮在渭州做知州时，军纪严明，西夏人都很害怕他。有一天，曹玮正在同部将饮酒，突然有几千名士兵叛变，逃到西夏去。当边防侦察员前来报告时，将官们听了面面相觑，十分惊恐。而曹玮谈笑自如、仍然像往常一样。只见曹玮徐徐地说："请别声张，他们都是遵照我的命令行事的！"西夏人听说，以为中了宋国的诡计，立刻把逃兵都处决了。这正是曹玮在谋略上临机应变的运用。就像越王勾践忍辱侍奉吴王夫差，竟使夫差长期贪图安逸而失去了戒备。

【计名探源】

此计语出唐白居易诗《天可度》："笑中有刀潜杀人"，是白居易对唐高宗宠臣李义府为人的评价。《旧唐书·卷八二·李义府列传》载："义府貌状温恭，与人语必嬉怡微笑，而褊忌阴贼，既处权要，欲人附己，微忤意者，辄加倾陷。故时人言义府笑中有刀。"

【评语】

"笑里藏刀"的原意是指一种人品：外表和气，内心阴险，口蜜腹剑。《旧唐书》卷八十二《李义府传》："义府貌状温恭，与人语必喜怡微笑，而褊忌阴贼。既处权要，欲人附己。微忤意者，辄加倾陷。故时人言：义府笑中有刀。"其作为谋计用于军事上则是指：运用政治外交上的伪善手段，欺骗麻痹对方，来掩盖自己的真实用意，以寻求有利时机而显露杀机，进行发难。

古代兵书上写道："敌方的言辞谦恭，其实它正在加紧战备；没有订立条约而前来媾和的，准是另有图谋。"所以，凡是敌方强作笑脸、花言巧语，这都是在使用阴谋诡计的具体表现。

【战例】

郑武公吞胡

春秋时代，郑武公打算吞并胡国（今安徽省），但他的军事装备有限，所以不敢直攻，而采用本计。为了讨好胡国国君，使胡国不加防备，郑武公把自己漂亮的女儿嫁给胡国国君为妻，这样，郑国也就与胡国结为亲家。这还不够，为进一步使胡国丧失警惕，郑武公又把大臣们召集起来问道："我们打算用兵兴国。你们看，攻打哪个国家最有利？"

大臣关其思认为攻打胡国最为合适。武公一听愤怒地叫了起来："啊！你居然建议向已与我们结亲的兄弟国家胡国发动战争，这是什么意思为此关其思被杀了头。

胡国国君得知这事后，认为郑国对自己非常亲善友好，就再也不对郑国作什么防范了。就在这以后不久，郑国对胡国发动了突然进攻，并在没有抵抗的情况下消灭了胡国。很长一段时间里，郑国都是势力强盛的国家，直到公元前375年才被韩国所灭。

暴君毙命

在政治斗争中，运用这一计谋比较早的恐怕要数战国时期的赵穿了。赵穿为了黜杀荒淫暴虐的国王晋灵公，保全忠臣赵盾的性命，就成功地运用了这一计谋。他先是痛心疾首，主动要求晋灵公治他们赵家和他本人的罪，取得晋灵公的信任；尔后又投其好色，让他支开身边经常给他出坏主意的奸佞小人屠岸贾，去给他选美女；最后又讨好地向晋灵公献计说："主公身边的卫士，一个个武艺不强，这怎么能保护主公的安全呢？不如让我为主公精选一批精壮强悍的卫戍士兵，随您左右，这样一来，主公出游玩乐就不用提心有人图谋不轨了。"晋灵公不知是计，连连称好。这样，赵穿不费吹灰之力，就把晋灵公的性命捏在了自己手里。赵穿即刻挑选200名忠于自己的甲士，经过一番动员和部署后，请晋灵公检阅。晋灵公兴致勃勃，一边检阅，一边饮酒助兴，正当兴头时，看见赵穿一个手势，200名甲士同声大喊，刀枪剑戟一起杀将过来，顷刻间，荒淫暴虐的晋灵公成了一堆肉泥。正可谓：笑脸逢迎赵穿得宠，暗藏杀机暴君毙命。

国王当马夫

春秋时代，越王勾践在太湖之战中被吴王夫差击败。勾践起初打算率五千残兵败将逃往他处，但大夫文种劝他投降吴王，并借全面让步的政策为日后东山再起作好充分准备。

于是勾践就派文种到吴王那里，把越国的财富珍玩献给吴王。后来勾践又表示愿意永远做夫差的仆人。夫差不顾手下大臣的反对而接受了这一请求。勾践身穿粗布衣，带领大夫范蠡、夫人还有三百名随从来到吴国，在夫差面前，勾践双膝跪倒，态度极其谦卑地表示他感谢吴王的不杀之恩。

夫差叫勾践做自己的马夫，每当夫差要骑马外出，勾践都要亲自为他理好马匹，并且还要再三向吴王表示，他是多感谢吴王留他一条性命。夫差生病了，勾践亲往探看，并尽心尽力地照料他，甚至还用舌头亲自检验夫差的粪便。

勾践如此真诚的表现，使夫差把他看成自己的忠实仆人，三年过后，夫差就把勾践放回了国。回国后，为不忘复仇雪耻，勾践天天卧薪尝胆。与此同时，他悄悄地积蓄力量，为复仇雪耻作好准备。终于有一天，天赐良机，勾践一战而灭了吴国。

善用毒计的郑袖

郑袖是楚怀王的夫人，长得漂亮，又聪明机智，很得楚王宠爱。

一次，魏王赠送楚王一位美人，又年轻，又热情，一下就把楚王迷住了。

郑袖非常伤心，眼见被人横刀夺爱，大有打入冷宫之险。她表面装出若无其事的样子，不向楚王噜嗦，也不发半句牢骚，并且对那位新夫人表示特别好感。新夫人爱好什么衣服，喜欢什么玩物，郑袖一定给她办到；她要把房子怎样布置，郑袖也很快弄好。对新夫人的关怀，比楚王更加周到，像婢女服侍主子一样，无微不至，还在楚王面前，大赞新夫人的长处。

新夫人对这位老大姐也感激非常，时相过从，凡事都要大家商量，亲昵到以姐妹称呼。

“姐姐！”新夫人说：“我非常感激你对我这么好！”

郑油说：“这算得什么？我姐妹共事一个丈夫，正所谓骨肉相连，无分彼此的。再说丈夫为一国之王，日理万机，我们做妻子的，应该多方体贴他，使他的疲劳有一个轻松的时候。如果我们不把家事处理得和和谐谐，不是折磨丈夫吗？妹妹，你能够这样给丈夫快乐，我也快乐哩，我要感谢你才对！”

三十六计之笑里藏刀

新夫人听了这番话，感动得掉下泪来，说：“姐姐的话过重了，妹子实在担当不起，还请姐姐经常教训我，指导我怎样去增加丈夫的快乐！”

“何必客气?，看在丈夫的份上，我们凡事要有商有量，那丈夫就没有什么不快乐的了。”

楚王见这对如花似玉的夫人相处得这么好，心里也十分高兴。说："女人大多凭美貌去博取丈夫欢心，且天生一副醋劲，但我的第一位夫人不会这样，她真能体贴我，晓得我喜欢新夫人，她竟比我更喜欢，简直比孝子侍亲，忠臣待君更加好！"

郑袖知道楚王绝不怀疑自己会呷醋了，暗自高兴。有一次，和新夫人闲谈的时候，似无意地告诉新夫人：

"大王在我面前说你可爱极了，又漂亮聪明，又温柔体贴。只有一点，大王嫌你的鼻子略尖了点儿！"

"那怎么办呢？姐姐！"新夫人摸一摸鼻子问。

"这也没有什么了不起的。"郑袖依然若无其事地答，"你以后见到大王时，轻轻把鼻尖掩一掩不就行了吗？"

新夫人认为这办法好得很，以后每次见楚王时就把鼻子掩起来。楚王觉得奇怪，又不便当面相问，便问郑袖：

"为什么新夫人近来每次见到我时，就把鼻子掩起来？"

郑袖诚恳地答："我也听她说过，可是——"她向楚王飞一下媚眼，欲言又止。

"你说吧！"楚王追问，"难道夫妻间还有什么不可以直说的话？就算说错了，我也不怪你。"

郑袖装出害怕的样子，低声说："她说过讨厌你身上有一种恶心的臭味！"

"呀！我身为国王，身上竟有臭味？她会讨厌我？岂有此理！岂有此理！"这位喜怒无常的楚王发怒了，猛力把桌子一拍，狠狠地咆哮起来："来人哪！快去把那贱人的鼻子割下来！"

新夫人的容毁了，郑袖的情敌打倒了，立即就又独宠着专房。

李斯逼死韩非

韩非是战国时期著名的思想家、法家的集大成者，他原是韩国公子，后来拜到荀子门下，和秦国的宰相李斯是同学，韩非天生口吃，不擅于说话，却长于文章著述，当时韩国在战国七雄之中，已经势弱，可是韩王重用佞臣，排斥主张变法图强的韩非，韩非在国难当头，个人郁郁不得志的情况下，埋头于著述，他认真总结了有史以来的政治成败得失，撰成了《孤愤》、《五蠹》、《内外储说》、《说林》、《说难》等几十万多字，在书中，他全面总结了商鞅、申不害等人的法家思想精华，提出了较完整的法家理论，他认为法是国家的规矩准绳，要编著成书籍，设立于官府，布之于百姓。统治者应该以法为本，法、术、势三者合一，缺一不可。韩非的思想很符合秦王嬴政的心理，当韩国的郑国被派到秦国，借帮助兴修大型水利工程，借此弱秦存韩时，就把韩非的《孤愤》《五蠹》二书进献给秦王，嬴政看后，惊叹不已，对丞相李斯说："寡人如果与此人相见同游，死也无憾。"

李斯过去与韩非共同师事荀子，韩非成绩优异，总是超过李斯，李斯入秦，靠走了吕不韦的门路，爬上丞相之职，他本是一个心胸狭窄的人，又见秦王如此推颂韩非，内心十分不快。担心韩非来秦，被秦王重视，自己的职位也就难保，于是下定主意，要处置韩非。

韩非在韩国虽不为韩王重用，依然关心本国的安危。在秦始皇十年（公元前 237 年）时，当时李斯向秦王献计，要攻韩以威吓其他五国，当时韩王曾派韩非入秦，韩非也上书秦王，提出秦攻韩，韩国必将反抗，魏国会助韩抗秦。而赵国以齐国为靠山，更会趁机伐秦，是故秦国攻韩将会导致赵国之福，"秦国的祸事"，不如秦国直接攻打赵国获利更多。韩非明里劝秦，暗里存韩的建议当即遭到李斯的反对，他认为先攻弱小的韩国，而后再取五国，既可以避免战事失败的风险，又能打乱东方六国合纵抗秦的局面，坚决主张先韩而取天下。所以当公元前234年，秦国遣使召韩非入秦见秦王时，从政治主张上来说，韩非与秦丞相李斯的观点亦存在着尖锐的对立，李斯有心助秦王嬴政建立统一六国大业，担心韩非到秦后，像韩国先期而来的郑国一样，不是助秦，而是为弱秦而来，所以韩非到达秦都之前，李斯就告诫秦王政，要警惕韩非其人。

公元前234年，韩非来到秦都。丞相李斯先以老同学名义，予以韩非热情欢迎，他在府中设宴款待韩非，对韩非说："自从辞去老师后，我们是多少年未见，平时很惦念你，秦王拜读了你的大作，称赞不已，这次秦王请你前来，是想重用你，你有了大展宏图的机会，秦国有了你，宛如老虎添翼。我也是甘拜下风，愿意让丞相位给君"，李斯频频举杯，为韩非敬酒，并安顿韩非住在秦都上好的客舍中。

韩非到了秦国时，即上书秦王，进献自己兼并六国之策。上书中写道："秦国应该先灭韩、赵、魏、以远交近攻之策，打破六国合纵盟约，然后再分别攻取，即一统天下。"秦王看了韩非的上书，心中很高兴，但丞相李斯早先提醒过自己，要提防韩非，所以并没有马上重用韩非。而韩非不知李斯私下从中阻拦，以为秦王会召见自己，就在客舍中耐心等待。秦王嬴政在朝日理万机，自己已遣使专程召韩非入秦，本该韩非来京后主动求见，却过了很长时间未见动静，于是就问丞相李斯，询问韩非来秦后的近况。李斯答道："韩非这个人恃才傲慢，他不愿见陛下。"秦王不明就里，不由得恼怒万分，下令把韩非下囚入狱，同时要狱卒不要慢待韩非，希望他回心转意。

秦王嬴政是战国七雄中一位有为的君主，他善于选拔和使用人才，为了实现自己统一中国的雄心大业，他不避远疏，网罗了不少六国的有才之士为己服务，如吕不韦、李斯等不少客卿。对此情况，身为丞相的李斯非常清楚，而韩非才华出众，秦王如召见识用，极有可能被重用，秦王虽然暂时听信自己所说，把韩非下狱，但是秦王的优待态度，说明了秦王对韩非是心存尊重的，如此下去，一旦被秦王发现自己从中阻拦的秘密，自己的下场也会悲惨。于是一不做，二不休，他串通好朝中与韩非有宿怨的姚贾，一齐到秦王面前谗言。姚贾说："韩非在狱中骂大王。"嬴政听后，怒火中烧，李斯则乘机进言。"韩非是韩国的诸公子之一，现今大王要兼并诸侯灭六国，韩非毕竟是韩国人，最终会帮助自己的韩国，而不会为秦国设想，这也是人之常情。现今大王没有任用他，如果让他回韩国，将会给秦国贻留后患，不如借口法律杀死他。"秦王接受了李斯的建议，下令有司以秦朝法律名义治罪韩非。

韩非无端被下狱治罪，入狱之后才明白自己中了李斯笑里藏刀之计，被李斯阴谋算计。他想为自己辩白，但监狱已为李斯控制，无法与秦王取得联系。不久，李斯派人送毒药给韩非，并附亲笔信一封，信中写道："秦国已决定将客卿全部放逐，当然不会放他们回去，自己服药吧！"

韩非痛心自己千虑一失，被小人李斯算计，于是饮毒身亡。

李斯毒杀韩非，既有维护自己提倡的秦国"先攻韩而取天下"方略的政治色彩，又有浓厚的嫉贤妒能，挟私除敌的个人色彩。韩非是荀子的高足，在师门学习时，就被荀子所器重偏爱，才压李斯，曾经让李斯心存不服。后来李斯幸运地客卿强大的秦国，出入宫阙，居丞相高位。而才高的韩非，有雄才而不得贤主，最后国难临头，被迫客卿于秦国、偏偏遇上了自己的老同学李斯。本来李斯心胸狭窄，作为韩非自应有所提防，却被李斯施展的和蔼外表、热情款待所欺骗，不知在强秦灭韩的关头，身居秦相的李斯，如此示和的行动，正是杀机外露的表现，难怪司马迁在写《史记》时，哀叹韩非能决断事情，明辨是非，虽明智却思想严酷苛刻，写了一篇完美的尽述劝谏游说的《说难》，自己却难逃被逼饮毒的悲惨命运。

关羽大意失荆州

三国时期，由于荆州地理位置十分重要，成为兵家必争之地。公元 217 年，鲁肃病死。孙、刘联合抗曹的蜜月已经结束。当时关羽镇守荆州，孙权久存夺取荆州之心，只是时机尚未成熟。不久以后，关羽发兵进攻曹操控制的樊城，怕有后患，留下重兵驻守公安、南郡，保卫荆州。孙权手下大将吕蒙认为夺取荆州的时机已到，但因有病在身，就建议孙权派当时毫无名气的青年将领陆逊接替他的职位，驻守陆口。陆逊上任，并不显山露水，定下了与关羽假和好、真备战的策略。他给关羽写去一封信，信中极力夸耀关羽，称关羽功高威重，可与晋文公、韩信齐名。自称一介书生，年纪太轻，难担大任，要关羽多加指教。关羽为人，骄傲自负，目中无人，读罢陆逊的信，仰天大笑，说道：“无虑江东矣！”马上从防守荆州的守军中调出大部人马，一心一意攻打樊城。陆逊暗地派人向曹操通风报信，约定双方一起行动，夹击关羽。孙权认定夺取荆州的时机已经成熟，派吕蒙为先锋，向荆州进发。吕蒙将精锐部队埋伏在改装成商船的战舰内，日夜兼程，突然袭击，攻下南部。关羽得讯，急忙回师，但为时已晚，孙权大军已占领荆州。关羽只得退走麦城。

吕子明白衣渡江

古代兵书告诫指挥员们，没有文字条约的求和一定有诈，要防止敌方在卑躬屈膝、甜言蜜语的背后加紧战备，暗藏杀机。可惜一代名将关羽大意失去荆州。

阴险的李义府

唐朝任命中书郎李义府为参知政事。李义府外貌温和恭顺，和别人说话满脸露出愉快的微笑，而内心却狡诈阴险和忌妒，所以当时人说李义府笑里藏刀。又因为他专门以阴柔害人，称他为李猫。

李义府依仗皇帝的宠信任意用权。洛州妇女淳于氏，长得漂亮，因犯罪被囚在大理寺监狱，李义府吩咐大理寺丞毕正义违法将她释放，准备纳她为妾，大理卿段宝玄对释放淳于氏有所怀疑，便将情况上奏。唐高宗命令给事中刘仁轨等审讯毕正义。李义府害怕事实真相泄露，逼迫毕正义在狱中上吊自杀。高宗知道这些情况，但仍旧原谅李义府的罪恶，不予追问。

侍御史涟水人王义方准备在朝廷检举李义府，事先告诉母亲说："我任御史，明知有奸臣而不检举就是不忠，检举则自身危险，而让亲人担忧，这又是不孝，取忠还是取孝，我自己拿不定主意，怎么办?"母亲说："从前王陵的母亲，杀身以成全儿子的美名。你能尽忠以侍奉君主，我虽死也无怨恨!"王义方于是上奏："李义府在皇上的眼皮底下擅杀六品官大理寺丞毕正义，即使说毕正义是自杀，也是由于畏惧李义府的威势，自杀是为了李义府灭口。这样，则生杀的威权不是出自皇帝，这种反常现象决不能继续发展，请重新加以审核!"为宣读检举的奏章，王义方让仪仗和其他官员退下，并呼喊李义府退下；李义府观望犹豫不退。王义方三次呼喊，高宗没有说话，李义府才退出，王义方便宣读检举的奏章。谁知高宗不仅不追究李义府的罪恶，反而说王义方诋毁污辱大臣，出言不逊，将他降职为莱州司户。

韩瑗上疏，为褚遂良申诉冤屈说："褚遂良一心为国而忘记自己的家，生命和财产都奉献给皇上，越是艰险，其心愈坚，是国家的旧臣，是陛下贤良的助手。没有听说他有什么罪，就被斥退离开朝廷，朝廷内外和黎民都为这种不公正的处置议论纷纷。我听说晋武帝宽宏大量，能免去刘毅死罪，汉高祖仁德深厚，不记怨周昌的耿直。而褚遂良被降职已经一年，违抗陛下的罪责，已由对他的处罚抵偿。希望陛下远念他无辜，稍微宽恕一些他的罪过，同情他的忠诚，以顺应人心。"高宗对韩瑗说："褚遂良的情况，朕已知道。但他性情粗暴而屡次犯上，所以要用这种办法责备他，你说得也太严重了！"韩瑗回答说："褚遂良是国家的忠臣，被用恶言伤人以讨好上边的人诽谤。从前微子离去而殷国因而灭亡，张华留任而国家的法度不乱。陛下无故抛弃和驱逐旧臣，恐怕不是国家之福。"高宗没有采纳他的意见。韩瑗因自己的话没被采用，请示辞官回家，高宗也不允许。

刘洎的儿子为父亲申诉冤屈，说他父亲在贞观末年被褚遂良诬陷致死，李义府也支持他。高宗询问身边的众臣，大家都顺从李义府的意旨，说刘洎冤枉。只有给事中长安人乐彦玮说："刘洎作为大臣，在皇帝刚得病时，哪能就急忙自比为伊尹、霍光！现在昭雪刘洎的罪恶，不是在批评先帝用刑不当吗?”高宗同意他的看法，于是将这件事搁置不办。

许敬宗、李义府迎合皇后的旨意，诬谄侍中韩瑗、中书令来济与褚遂良私下图谋不轨，说正因为桂州是用武的地方，他们才授任褚遂良为桂州都督，是想利用他作为今后图谋不轨的外援。八月十一日，韩瑗因此被降职为振州刺史，来济被降职为台州刺史，命他们终身不许朝见皇帝。又将褚遂良降职为爱州刺史，并把荣州刺史柳爽降职为象州刺史。

褚遂良来到爱州，上奏陈述说：“以前濮王、承乾相互争斗的时候，我不顾死活，决心归附陛下。当时岑文本、刘洎上奏说：‘承乾由于罪状显露，已被关在别所，东宫决不可有哪怕是短时间的空缺，请先暂派遣濮王去东宫居住。’我又坚决抗议，这些都是陛下亲眼所见。最后我又与长孙无忌等四人共同决定立陛下为皇太子这一重大决策。太宗病危时，只有我与长孙无忌共同接受遗诏。陛下在守丧的时候，哀痛万分，我以国家为重宽慰劝解，陛下还用手抱住我的脖子。当时我与长孙无忌分别处理众多的事情，全都没有荒废缺失，数日之间，内外安宁。我能力小，责任重，常常出现差错，现在到了微贱的余年，乞请陛下哀怜宽恕。”奏表上达后，唐高宗没有考虑处置。

中书令李义府更受高宗宠信，他的孩子甚至有的还在怀抱中就被授予清高显贵的官职。而李义府贪得无厌，母亲、妻子、儿子、女婿都通过卖官和枉法受贿，他家门庭若市，到处拉帮结派，朝野震动。中书令杜正伦常以老资格自居，李义府倚仗皇帝的恩宠，不愿甘拜下风，因而产生仇怨，相互争论于高宗面前。高宗判为大臣不和，两方都加以责备。十一月初六，杜正伦被降为横州刺史，李义府被降职为普州刺史。杜正伦不久死于横州。

雍州刺史许柿与来济要好，侍御史张伦与李义府有仇怨，吏部尚书唐临奏请任命许柿为江南道巡察使，张伦为剑南道巡察使。当时李义府虽然被降职在外地，但皇后常常保护他，以为唐临是怀着私人感情选任官吏。

八月初八，唐朝任命普州刺史李义府兼吏部尚书，同中书门下三品。李义府显贵以后，声称自己祖先是赵郡人，与皇族李氏论列家族的辈分；无赖之徒趋炎附势，拜伏地下认他为哥哥为叔父的人很多。给事中李崇德当初与他是同一个家族谱系，到他调出任普州刺史后，即把他从族谱中删除了。李义府听说后十分气恼，再次出任宰相后，便指使人诬谄他，将他逮捕入狱，李崇德终于被迫自杀。

（三月）右相河间郡李义府主管选拔官吏，他倚仗皇后武则天的权势，专以卖官为能事，选官授爵完全没有标准，天下怨声载道。唐高宗也听到一些传闻，和颜悦色地对李义府说：“你的儿子和女婿行为不检点，做了不少违法的事，我在为你遮掩，你应当注意一点儿。”李义府勃然变色，胀红着脸和脖子说：“是谁告诉陛下的？”唐高宗说：“只是我这样说，何必向我追问从哪里得来的消息呢？”李义府根本不承认自己的过失，缓步离去。唐高宗因此很不高兴。

声称可以望云以预言吉凶的杜元纪说李义府的住宅有冤狱造成的怨气，应当积蓄二十万缗钱抑制它。李义府相信了他的话，于是搜括更加急迫。李义府为母亲守孝期间，每月在初一、十五给他哀哭亡母的假期时，他总是穿便服与杜元纪出城东，登上古坟墓，观望云气。有人报告李义府是窥测灾异，图谋不轨。他又派遣儿子右司仪郎李津找长孙无忌的孙子长孙延，收受了他七百缗钱后，授给长孙延司津监官职。右金吾仑曹参军杨行颖将此事告发。夏季，四月乙丑日，李义府被捕入狱，派遣司刑太常伯刘祥与御史、详刑人共同审讯，还命令司空李世勋监督此事。经查，他所犯罪行都属实。初五，唐高宗下诏令，将李义府削除名籍，流放崔州；将李津削除名籍，流放隽州；他另外的几个儿子及女婿，都被削除名籍，流放庭州。朝廷和民间人人欢欣，互相庆贺。

有人作河间道行军元帅刘祥道破铜山大贼李义府榜文，张贴在交通要道上。李义府平日掠夺了很多人家的奴婢，到他垮台后，他们都各自回家，所以榜文中说："奴和婢混杂着一起释放，各人都认识家而竞相进入。"

当时的大赦，只有长期流放的罪人不许返回，李义府因此忧愤交加，发病而死。自从李义府流放后，朝廷官员日夜担忧他再回朝廷，直到得知他的死讯，大家才把悬着的一颗心放下来。由此可见，"笑里藏刀"是一种十分可怕的计谋，而"笑里藏刀"的敌人又是多么的可怕！

赵匡胤杯酒释兵权

起初，赵匡胤佯装后周忠臣，制造黄袍加身，被众将强拉做皇帝的把戏，在谈笑声中夺得后周江山，建立宋王朝。

赵匡胤建立大宋后，惟恐江山被自己的功臣夺走，于是请故将石守信等人饮酒，酒过三巡，宋太祖说：

“没有你们的力量，我不可能有今天，我将永远铭记你们的恩德。但是做天子也不容易，别人也想得到这个位置，我现在是夜不安枕啊。”群臣大惊，说：“如今天命已定，谁还会有异心？”宋太祖接着说：“你们当然不会有这个异心，但假如有一天你们手下的人弄件黄袍披在你们身上，你们不当皇帝也没有生路啊。”石守信等人大惊失色，慌忙请求太祖指条生路。太祖说：“你们何不放弃兵权，去过荣华富贵的日子，我们君臣之间，也可免去一些猜忌。”石守信等人听了这番恩威并施的话，第二天便主动提出辞职，请求太祖解除他们的兵权。这样，赵匡胤就在饮酒谈笑之间，巧妙地解除了功臣们的兵权，免去心头之患。这件事通称“杯酒释兵权”。

赵匡胤称帝之初，节度使势力强大，骄横跋扈，难以管制，时称“十兄弟”。赵把他们十人召来，每人授佩剑一把，强弓一副，良马一匹。然后只身上马，不带卫士，和十兄弟到皇宫外林子中去饮酒。几杯酒后，赵说：“这里僻静无人，你们谁想当皇帝，杀了我，便可以去登基。”十兄弟被镇住了，一个个不寒而栗，拜伏在地，连声说：“不敢不敢。”赵再三催问，他们不敢言语。从此，节度使们对赵顺从有加。

笑里藏刀除恶贼

明武宗死后，大学士杨廷和主持政务，也用此法，削去一些作恶的宠臣，稳定了明朝江山。

当时，朝廷大事全由大学士杨廷和主持。他人禀太后，请改革弊政。太后一一照允。

袁本初损兵折将

这时，武宗宠臣兵马提督江彬，正忙于改组团营，无暇入宫，武宗死讯，尚未得闻。忽然接到遣散团营边兵的遗诏，不觉心中大惊，急忙和心腹商议对策。都督李琮进言道："宫中办事如此诡密，是对我等产生了疑心，如今皇上已驾崩，为长远之计，不如速图大事，有幸成功，富贵无比，万一不成，也可北走塞外。"听了李琮的话，江彬感到事关重大，犹豫不决，即请来安边伯许泰商议。许泰也心存犹疑，他对江彬说："杨廷和敢罢团营，遣边兵，想必是有了充分准备，应慎重为妙。"江彬左思右想，拿不定主意，便请许泰人阁探听一下消息，再作打算。

许泰告辞出来，即赴内阁，刚巧碰上杨廷和，寒暄过后，杨廷和知道了许泰的来意，便面带微笑，不慌不忙地对许泰说："许伯爵来了甚好，我等因大行皇帝仓猝晏驾，诸事忙乱，头绪繁杂，本欲邀请诸公前来协助，偏是遗诏上面写明罢团营，遣边兵，这些事情，都要仰仗江提督妥为解决，所以一时没有奉请，还请见谅。"许泰见杨廷和态度和缓，所讲又颇有道理，遂解除疑虑，对杨廷和说道："江提督正为此事，令兄弟前来探问，国家重事，打算如何办呢？"杨廷和当即表示说："奉太后旨，已派人前往迎立兴献王世子，但严重问题是需些时日，现在国务倥偬，如果可能的话，一同前来商议机宜，我同内阁诸臣翘首以待。"许泰听了杨廷和这一番话，不觉心中欢喜，欣然允诺，告别而去。

许泰一走，杨廷和立即招人入密室，杨廷和把与许泰的一番谈话，述说一遍，然后问道："现今大患未除你们说该怎么办？"魏彬从一边问道："你所说的大患，莫非是指水木旁么？"杨廷和还没来得及开口，张永即接道："何不速诛此恶？"杨廷和见大家意向一致，方才说出已邀江彬等人入宫，届时伺机捕拿。众人俱表示赞同。魏彬急速入宫密禀太后，太后当即允议。

许泰自内阁出来，复往见江彬。江彬闻此，心情安舒，不复他想。过了一日，江彬带着卫士数人，前往大门。有人已先在门外等待。见江彬一行到来，即上前道："坤宁宫正届落成，今安置屋脊兽吻，昨奉太后懿旨，简派人员及工部致祭，江公来的正是时候。"同时，奉出太后旨，令提督江彬，前往恭行祭曲。江彬满心欢喜，忙换了衣服，入宫致祭。祭毕出来，又遇到张永，张永格外亲热邀他宴饮。江彬见无法推辞，便随他入席，酒过数巡，忽然外面传报有太后旨到。张永、江彬等人忙接懿旨，旨中着即逮江彬下狱。这时，江彬才觉出大事不好，回顾左右已无一个亲信在场。他在慌乱中，推案而起，跑到院中，跨马而去。驰至西安门，门已关闭，再行北安门，城上守将大呼："有旨留提督。"江彬急叱道："今日何从得旨！"一语未了，守城众兵已一拥而上，将他捆绑起来。接着，许泰、李琮等人也先后被捕。当李琮见到江彬时，不禁叱骂道："奴才，早听我言，岂为他人擒拿！"。

明武宗死后的一段时间里，杨廷和主持朝政，他在朝政不稳，危机四伏的形势下，笑里藏刀，暗中策划除掉武宗宠臣江彬，江彬放松了戒备，冒然前往宫中，无异于自投罗网，落得身败名裂的下场。

谋杀希特勒

1944年7月20日中午12点44分，从柏林希特勒的元首大本营会议室传来一声惊天动地巨响，霎时间，会议室百十块玻璃全被震碎，浓密的黄色烟雾覆盖了会议室上空，正在会议室主持军事会议的法西斯德国元首希特勒及其参加会议的24名高级军官，全部被炸弹爆炸的气浪掀翻在地。这是二战后期最惊险的一次谋杀希特勒的行动。

策划和实施这次谋杀行动的不是别人，而是积极为希特勒“效力”的37岁的受勋军官，希特勒的柏林陆军部办公室参谋长施特芬贝格。

1944年夏天，随着盟军诺曼底战役的胜利，希特勒败局已定，德军内部厌战、反战情绪急剧蔓延，就连为希特勒立过汗马功劳的“沙漠之狐”隆美尔元帅也主张早日结束战争，以免无谓牺牲。但希特勒一意孤行，妄图挽回败局。此时，在战争中失去一只眼睛和一条胳膊的施特芬贝格利用职务之便，联络了一批渴望早日结束战争的军官，决心谋杀希特勒，并准备接管德国政权。

希特勒生性奸诈多疑，他住的元首山庄，平时戒备森严，岗哨林立，暗机四伏，根本无法下手行刺。如何接近希特勒，并能够得到下手的机会是谋杀的关键。施特芬贝格设想了许多办法都无从得手。最后他决定，投其所好，设法接近希特勒，取得信任后，再图谋行刺。

机会终于来了，关在集中营里的成千上万外国劳工举行大暴动，希特勒束手无策，很伤脑筋。施特芬贝格感到这是接近希特勒的极好机会，他连夜制定了一个用镇压外国劳工的庞大计划纲要，代号“女武神”，并立即报告了希特勒。他相信为了这个重要的计划，希特勒一定会召见他。

果然不出所料，6 月 7 日，元首山庄电话，要他立即进见。

“元首万岁！”施特芬贝格一进门就用他那一只仅有的胳膊向希特勒敬了一个标准的纳粹礼。“请坐。”希特勒蓝灰色的眼光向他胸前的勋章和那只空袖管瞥了一下。接着说：“我的勇士，你对镇压那蚂蚁似的犹太杂种有什么高见？”

“元首阁下，全部计划纲要都在这里，我相信，按我的计划行事，那些外国猪猡一个个都会变得比绵羊还老实。”施特芬贝格急忙递上他的“杰作”。

“啊，非常出色，特别出色!”希特勒一边用放大镜看，一边忍不住激动起来。

见此机会，施特芬贝格立即接上话题说：“元首阁下，这个计划还不太完善，请允许我进一步修改后再向您汇报。关于对那些参加暴动人的处罚办法我还没有想好，如果一律枪毙，人数太多，恐怕影响我们的军工生产，还有……。”

“很好，你尽快修改，必须在一个月内拿出详细方案。”希特勒看着这个为他的战争献出一只眼睛和一条胳膊，现在又为他分忧的年轻军官，不禁产生了几分喜欢。临走还很关心地询问了他原来所在的部队和受伤情况。

出师顺利，施特芬贝格加紧了实施谋杀计划。

一个月后，他再次向希特勒汇报工作。这一次，他的公文包里，除了装着“女武神”计划详细方案外，还有一枚英国制造的大威力定时炸弹。希特勒非常热情地接待了他，再一次肯定他的方案“特别出色”。他装出受宠若惊的样子，一再谦虚地“请元首指正”，“再进行修改”。正当他准备引爆炸弹时，一个偶然的因素使他放弃了行动。原来，希特勒的两个死党戈林和希姆莱都是十足的战争贩子，希特勒之所以顽固坚持不结束战争，少不了有这两个“铁杆”给他打气，这三个人又常常在一起制造战争阴谋，施特芬贝格一直想把他们三个同时炸死，以彻底从高层铲除希特勒的主战派势力，但不巧的是另外两人不在场，所以，施特芬贝格这次没有引爆炸弹，给希特勒留下了一次活命的机会。

半个月后，又来了一个机会。这次是希特勒召见“女武神”计划的全体设计人，可惜由于会议时间太短，前后仅有半小时，他还没有机会打开引信，会议就结束了。

“女武神”计划已经制定完毕，靠此进见希特勒已没有机会。但由于制定这个计划取得了希特勒的信任，使施特芬贝格又有了接触希特勒的机会。7 月 20 日，他被通知参加元首大本营由希特勒主持的军事会议。这次他做了充分的准备。他先到厕所从事先等候在那里他的副官手里取回装有炸弹的公文包。然后，对一位副官说：“我的衬衣脏了，你知道元首阁下不愿意看到他的部下仪表不整，请你带我找个地方换换衬衣。”副官把他领到一间舒适的卧室，他从容地打开炸弹引信，然后同一名上校边谈笑着并排走进会议室，门口的卫兵不仅没有检查他的公文包，反而向他这位独臂独眼的军官立正敬礼。

一进会议室，希特勒正在听取一位军官的汇报，见他进来，看了他一眼，并很客气地回答了他的问候。他立即坐在向希特勒汇报情况的那位军官边上，同时，很自然地把公文包放在了桌子上，并顺势向希特勒一边推了推。炸弹距希特勒最多只有2米，此时距爆炸时间还有5分钟。眼看大功告成，施特芬贝格强压住内心的紧张和激动，趁希特勒专心听汇报不注意他时，悄悄离开了会议室，按原定路线，顺利撤出了大本营。

关云长挂印封金

5分钟后一声巨响，炸弹按时爆炸。遗憾的是没有炸死希特勒，但他的双腿却被炸伤。原因是那位汇报情况的军官无意中把公文包挪到了桌子的另一边，才使希特勒再一次死里逃生。

施特芬贝格运用投其所好，取其信任，引敌上钩的计谋，一次又一次获得暗杀希特勒的机会，虽然最终因为偶然因素没有达成目的，但这次行动的本身无疑是“笑里藏刀”这一计谋的成功体现。希特勒被炸以后，仍然不相信炸弹是“忠心耿耿”为他“效力”的施特芬贝格放的，而认为是外国特工干的。可见这一计谋的威力所在。

萨达姆以“友善”掩盖杀机

1990 年 7 月，伊拉克指责科威特偷采其价值 24 亿美元的原油，挑起了伊科争端。伊拉克总统萨达姆决心以武力吞并科威特。

伊科争端发生后，经阿拉伯领导人的积极斡旋，伊拉克同意与科威特举行谈判，通过外交途径解决双方分歧。但伊拉克用武力解决伊科争端的方针已定，同意谈判只是想以表面友善掩盖军事目的，争取国际舆论而已。7 月 31 日，当伊、科谈判代表抵达沙特阿拉伯港城塔伊夫时，伊拉克 10 多万军队以演习为名，已在伊科边界整装待命。虽然背后已剑拔弩张，但表面仍装出亲善友好的姿态。当双方代表团进入谈判会场时，伊拉克 2 号人物，伊革命指挥委员会副主席伊扎特·易卜拉欣以阿拉伯兄弟间特有的兄弟之礼拥抱和亲吻了他的对手科威特首相阿萨德。谈判破裂后，双方于 8 月 1 日打道回府，易卜拉欣再次同阿萨德拥抱亲吻话别。然而，就在这“犹大之吻”背后，却隐藏着一场毁灭科威特的铁血侵略。易卜拉欣回国后的当天夜里，伊拉克的飞机坦克就开进了科威特。

伊拉克为了打破国际社会对它的经济封锁和军事压力，曾将成千上万的西方侨民扣为人质。这一极端做法受到了国际社会的强烈谴责。但伊拉克政府却为之加上许多动听的词句。萨达姆称这些被扣的外国侨民是“伊拉克的客人”是在执行“制止战争的高尚使命”，是“和平使者”。其实，他是把这些外侨当“人肉盾牌”使用，近可同伊拉克“同甘共苦”，忍饥挨饿，使有关国家虑及本国侨胞性命而停止对伊拉克的粮食和药品禁运。远可使之和伊拉克“共存亡”，使反伊联盟不敢轰炸伊拉克的各种战略目标。为了把人质盾牌打得更漂亮，萨达姆曾数次视察关押人质的战略设施，“探望”各国侨民。他曾亲切而慈祥地抚着一个英国儿童的脑袋问他能不能喝到牛奶？类似的友善关怀场面被伊拉克的电视台反复播放，加以宣传。萨达姆还不时开释一些老弱妇孺人质回国。大部分舆论认为，他的举动是“邪恶的抚摸”。也有部分舆论对萨达姆的和蔼姿态感到困惑，甚至认为伊拉克扣留人质是迫不得已，侨民被扣应该归咎于对伊拉克的经济封锁和军事包围。但总的看来，萨达姆的表面友善迷惑一些人于一时，却未能打破伊拉克的困境，也没改善他的固有形象。

“旅店大王”对顾客“笑里藏刀”

美国“假日旅店大王”科尔斯·威尔逊，在世界上拥有“假日旅店”（包括饭店）达3000家之多，他个人拥有的财产在2亿美元以上，早已踏人巨富之列。

威尔逊原来从事过好几种职业。1952年的一天，他到一家旅馆投宿，看到旅馆环境很脏，服务很差，使他十分不悦。失望之余，他忽然兴起一个念头：我何不也开设一家旅馆，好好经营，将这些旅馆的生意抢过来？

当时，美国的汽车工业发展很快，他预测到：“汽车化社会”即将来临，可以创办一种新型旅馆——“汽车旅馆”专门为汽车司机服务。这年冬天，威尔逊便在田纳西州的孟菲斯开了第一家“汽车旅馆”。这家旅馆房租低廉，特别注意整洁、卫生，有良好的服务。它提供廉价、味美、量多的食品，使顾客能以普通的价钱吃到三餐。旅馆专门建有停车场，驾驶汽车的人来到这家“汽车旅馆”住宿，感到处处方便，因此，这家旅馆生意十分兴旺。威尔逊雄心勃勃，不几年功夫，就陆续在美国各地开设了数百家这样的汽车旅馆，形成了庞大的连锁组织。

50年代后期，旅游业兴起，世界各地每年有数百万的游客涌入美国。威尔逊又决定创“假日旅店”，为国外游客服务。他四处寻找兴建这种旅店的地皮。或采用专利方式组织连锁旅社，大力扩展业务。“假日旅社”仍然是以清洁、方便、价廉为经营宗旨，旅社内专门设有“犬屋”，给喜欢带着爱犬外出外旅游的人提供服务。饮食限于适合大众化的品种，讲求价廉味美且量多；酒也不卖进口的高级品，只卖大众化的“假日旅店牌”威士忌。总之，威尔逊一切为旅客着想，使假日旅社迅速扩大，达到1500多家，获得丰厚的利润。在企业经营中，利用“笑里藏刀”之计关键在提供优质服务，达到收买顾客的目的。

赚懒汉的钱

最近，日本东京，就出现了这样一个新行业——日记代写公司，专职代人写日记。据说生意还十分兴隆。

公司老板是在籍大学生，年仅23岁的北江裕行，职员是清一色兼职女性。采取会员制。任何想记日记却又怕麻烦，懒得动笔的人，只要在入会时付入会费5000日元，以后每月按时缴纳5000元会费，同公司订下契约，则无论是记业务琐事，或抒发个人感情，或发泄对上级、同僚、下属的不满，或记叙个人隐私，或自我吹嘘，或留点个人历史陈迹以利将来写回忆录时有所助益，接电话的女职员都会忠实地予以记录和整理，并及时将整理好后的“日记”转寄给会员个人。

据有关方面介绍，该公司会员有增无减，现已有固定会员150人。其中，以抒发个人感情为主的“感情派”会员与仅是为记录同业务有关事情“业务派”会员各占35%，介乎两者之间的占20%，抱好奇心入会的则占10%。这种“服务到家”的新业务真可谓是“笑里藏刀”的创新运用。

凯瑟琳“以诚取信”

凯瑟琳·克拉克是一名普普通通的美国家庭主妇。

当丈夫上班，孩子上学后，家中空空荡荡的。凯瑟琳生来就喜欢找事做，然而简单的家务花费不了凯瑟琳多少时间。精力充沛的凯瑟琳总想能做点什么。自己有一手做面包的绝技，凯瑟琳不禁想到，利用自己的专长，制作这种人人必吃，天天必吃的食品，生意一定不错。

当天晚上，凯瑟琳就把自己的想法告诉了丈夫和女儿。没有人投反对票，凯瑟琳就着手筹备工作。她选好店铺，又装饰了一番，然后添置货架等必备用品……

第四天夜里，凯瑟琳兴奋得难以入睡，明天她的小面包店就要开业了。丈夫见她欢喜的样子，很是好笑，故做严肃地问：

“凯瑟琳老板，我是《晨报》记者，请允许我向您提个问题，请问您办店的宗旨是什么？”

凯瑟琳收敛了笑容，一本正经地回答：“以诚取信。”

虽然问者无心，但答者却是一番真情。

为了取信消费者，凯瑟琳特别注明了面包的烘制日期，并严格地关照店员，决不向顾客出售存放了4天的面包。

起初，这个规定给她带来了极大的麻烦。因为一种新产品上市后，销路不可能立刻好起来。存货一多，要执行“不超过4天”的规定就相当困难。尤其是各经销店大都怕麻烦，虽然过期面包由凯瑟琳回收，但他们不愿天天检查，而宁愿把过期的面包留在店里卖。许多人还抱怨凯瑟琳太认真，一个面包多放3天也坏不了，为什么非要4天换一次不可？

美髯公千里走单骑

凯瑟琳仍然坚持自己的原则，并针对经销商方面的问题，实行了一套新办法。公司每天派车给各个区的经销商送新鲜面包，3天就卖完了存货，可以随时打电话，公司立刻就送货上门。

这种方法，虽然给自己增添了许多麻烦，却使凯瑟琳不卖过期面包的原则得以实施，从而保证了上市面包的新鲜。

一年秋天，一场水灾导致粮食紧缺，面包脱销。凯瑟琳依然如故，照样派人将超过3天的面包收回。

运货员开车从几家偏远的商店回收一批过期面包，在归途中被一群饥民截住。饥民们提出要购买车上的面包。运货员十分为难，怎么都不肯把面包卖给这些人，被误解为有意囤货居奇，人越围越多。这时，恰巧有几名记者跑来。饥饿的人们急需购买面包，但坚持原则的运货员怎么也不肯卖车上的过期面包。双方争执起来。

“我们吃不上面包，而你们却把面包收回作废，难道不能变通一下吗？”人们被激怒了。

“不是我不肯卖，实在不敢违抗公司的规定。老板一再声明，谁卖过期面包，就炒谁的鱿鱼。我可不愿丢饭碗！”

运货员的处境虽然值得同情，但饥肠辘辘的人们更值得同情。

一位记者站出来说："先生，现在是非常时期，你就把这车面包卖了吧，总不能让这些人饿着肚子吧！"

运货员无奈，急中生智，凑到记者耳边说："卖，我是说什么也不敢的，如果他们强行上车拿，就没有我的责任了。"

"那岂不是抢劫吗?"记者惊异地问。

"他们把面包拿去，再留下应付的钱，就不是抢劫了。"

人们恍然大悟，一车面包立刻被强买一空。

记者立刻醒悟到，这是一条不可多得的新闻，于是飞快地按动相机快门，拍下了群众强买面包的镜头。

第二天一早，报纸上就登出昨天的那一幕，人们抢面包的照片更增加了这条新闻的真实性。凯瑟琳公司诚实无欺的经营态度，给读者留下了深刻的印象。消费者都十分信赖这家公司的面包，半年之后，面包的销量就增加了5倍多。

凯瑟琳本着"以诚取信"的宗旨，只用了短短10年工夫，就把一个家庭式的小面包公司变成现代化大企业，每年的营业额从2万美元猛增到400万美元。

经销商利用老顾客招来新顾客

美国有个汽车经销商叫吉拉德，他经营汽车有 11 年的时间，每年卖出的新车比任何其他经销商都多。他成功的“谋略”就是优质、巧妙的服务，尤其是售后服务。

吉拉德说：“我是不会让我的顾客买了车之后，就被抛到九霄云外去的。每个月都要寄出 13000 张以上的卡片。每当顾客买了我的汽车还没踏出门之前，我的独生子就已经写好‘铭谢惠顾’的短笺了。”以后他的顾客每月都会收到一封用不同大小、格式、颜色信封装的信。

这些信别开生面，信一开头写着：“我喜欢你！”接着写道：“祝你新年快乐，吉拉德敬贺。”二月，他会寄张“美国国父诞辰纪念日快乐”的贺卡给顾客；三月，则是另外一个节日的祝贺。作为顾客，不但因为买到称心如意的汽车而高兴，更感到欣慰的是公司经理与自己保持的良好关系。一有机会，这些顾客就向自己的熟人、朋友推荐吉拉德经销的汽车，从而使他的生意锦上添花。

积少成多变富翁

在号称“小巴黎”“小香港”的北京秀水街服装市场，不时有提着篮子、挎着筐子、抱着保温瓶的人，走到一个个摊子面前，殷勤地问：“热包子要吗？三鲜馅的。”“喝小豆粥吗？刚出锅的。”“来碗豆腐脑吧？”在夏天，则有冰镇绿豆汤、凉粉、冷面送上门。

在厦门一些高级写字楼里，生活着一批为数不少的从事各种生意的手提大哥大的大款们，他们的生活节奏紧张，一天到晚忙忙碌碌，不断在应付各种层出不穷的事情，难得有空正儿八经地吃顿悠闲饭。勤勉的郑新认为这大大有利可图，于是他专门为这批人提供服务，冬天给他们送去各种可口热点，夏天给他们送去各种矿泉水、冰镇啤酒、汽水等，加上小郑为人热情，态度诚恳，这些大款们也乐于接受他的周到服务，不但不问价钱，有时买瓶矿泉水什么递过去十元钞票不要找也是常有的事。

据说，深圳抢购买票购买登记表时，就有不少人为排队大军提供盒饭和矿泉水，而且价钱比平时上涨3倍以上。为了让食品进入密不透风的人堆内部，他们把水瓶和饭盒拴在长长的竹竿上传递，弄得满街是竹竿子，跟“文革”时武斗似的，情景极为壮观。

出国热时，为在使馆外面连夜排队签证的人提供躺椅、钢丝床、饭食、热水，甚至替他们排队，都可以得到数量可观的报酬。

“笑里藏刀”的服务是一个取之不尽的财源，如果你瞄准的服务对象又特别有钱，那么从他们身上“拔毛”将不是一件难事。

《佐贺报》以诚动人

“精诚所至，金石为开”是指诚心能够感动像金石那样坚硬的东西。在经商过程中，即使是最挑剔的顾客，也能靠发自内心的真诚去打动他。

日本有一家地方性报纸——《佐贺报》，它在邻近的福冈县大报社的竞争夹缝中历经110年而没有被挤垮，靠的就是处处为用户打算的真心诚意。佐贺北临日本海，南接太平洋，是典型的海洋性气候，经常下雨给报纸的传递带来了很大的困难。《佐贺报》的董事长说：“下雨天送去湿漉漉的报纸实在说不过去。”所以凡是阴雨连绵的早晨，每一位《佐贺报》的读者，都会收到一份用塑料袋细心包裹着的报纸。《佐贺报》对读者的这份真诚和温馨，是它历经百年而不倒的经营秘诀。

其实，顾客们花钱购买商品，除了以钱换物之外，还希望得到另一种不花钱的额外商品，那就是营业员的“诚意”。诚意就是对消费者发自内心的尊重。俗话说“你敬我一尺，我敬你一丈”，没有哪一位顾客愿意看到营业员爱理不理的后娘面孔，也不会有人欣赏那种千呼万唤不吭声的哑巴式营业作风。这种服务态度就是对顾客的不尊重，是一种缺乏诚意的经商作风。只有用真诚、有礼貌的服务使顾客心满意足，才能赢得回头客。

台湾的一些企业已经注意到日本厂商靠精诚服务为企业赚了大钱，于是也纷纷适时开展精诚服务，令企业经营的业绩不断增长。目前我们内地的市场已由卖方市场转为买方市场，国营商店再不是“皇帝的女儿不愁嫁”了，最大限度地争取顾客已是大势所趋。冷冰冰的、毫无诚意的销售面孔只会把顾客推到别的商店去。所以要在商品竞争的大潮中战胜对手，立稳脚跟，必须树立“顾客至上”的意识，诚心诚意地提供最优质的服务，赢得所有顾客的满意。

莎士比亚推销术

英国文豪莎士比亚在他的杰作中妙语连珠，堪称语言巨匠。关于生意谈判问题，他说："我们满意时，就会付出高价。"意思是说，卖主不做出实质性的让步，只要说尽"好话"，让对方满意舒服，买主也会给出高价钱。

某市文化公司要建筑一座影剧院。这一天，公司王经理正在办公，家具公司的李经理找上门来推销座椅。

"哟！好气派。我从未见过这样漂亮的办公室，如果我有一间这样的办公室，我这一生的心愿都满足了。"李经理这样开始了他的谈判。他用手摸了摸办公椅的扶手："这不是香山红木吗？难得一寻的上等木料哇！"

"是吗？"王经理的自豪感油然而生。他说："整个办公室是请深圳的装饰厂家装修的。"说罢，不无炫耀地带着李经理参观了整个办公室，兴致勃勃地介绍比例、装修材料、色彩调配，兴奋之情，溢于言表。

不用说，李经理顺利地拿到了王经理签字的座椅订购合同。他得到了满足，他也给了王经理一种满足。

可见，在谈生意时，并不一定非要作出实质性的让步才会成功，要学会巧妙地“笑里藏刀”。

有人情味的经营

在竞争激烈的商品战中，人们一般比较注重产品的质量，以优质的质量占领市场、扩大市场，力争获得更多的利润。而对于经商过程中感情的投资则注意不够。浙江嵊县工艺竹编厂厂长王银飞在经营中，除了狠抓产品质量、信守合同、重视信誉外，还舍得在感情上投资，使得该厂在强手如林、竞争激烈的竹编行业里兴旺发达，立于不败之地，被人称誉为既有真本事、又有人情味的女企业家。

有一次，一位日本包销商来到嵊县竹编厂，王银飞在百忙中，专门抽出时间陪他们聊天、参观，请他们看样品，提意见，并耐心详细地解答了日商提出的各种问题，使日商对王银飞产生了一种信任感。王银飞觉得只让日商了解产品还不够，还应该让他进一步了解职工们的精神风貌，于是决定举行一次全厂职工的文艺晚会，特邀日商参加。本来，日商已决定这天去邻县竹编厂，可是，当王银飞把举办联欢会的安排同客人一说，日商盛情难却，便满口答应下来。邻县的竹编厂见日商到来，也是盛情接待，并百般挽留，客商还是于当天赶回了嵊县竹编厂，兴高采烈地参加联欢晚会，宾主载歌载舞，感情十分融洽。王银飞和全厂职工的热情，给客商留下十分难忘的印象。日本客商回国后，即使躺在病床上仍然想着嵊县竹编厂。1986 年，他在刚刚动过胃切除手术不久就来到了嵊县竹编厂，一次就包销了 200 多万元的竹编产品。

王银飞不仅对外商满腔热情，对国内客户也怀着真挚的感情。1984 年的一天，一位哈尔滨的客户来到嵊县竹编厂，打算请他们专门生产一种酒瓶套。王银飞热情接待了他，向他介绍本厂的产品，并应客人的要求，让创作组连夜赶制了 4 个样品，供客人选择。样品出来后，客户非常高兴，立即选定了其中的两种，当场要 20 万只。只是第二天，客人又变卦了，提出只要 6 万只，他自知理亏，十分抱歉地向王银飞说明了原委。王银飞不但没有责怪他，反而称赞他想的周到、细致，并帮他算了笔经济帐，告诉他如何加快资金周转。这种将心比心、真诚待人的态度，使客户非常感动，并诚恳地表示："以后我厂若要竹编产品，就一定来嵊县竹编厂订购。"果然，没过多久，他又订了 10 万件竹编酒瓶套，还特地从哈尔滨赶来参加了用户座谈会，赞扬王银飞的工作和为人。

至于对内，王银飞对本厂职工更是关心倍至。虽然她工作很忙，却常常到生产第一线了解生产和职工生活情况，遇到生产任务重、质量要求高的情况，她就带领科室人员顶岗干，保质保量地完成任务，深受职工的称赞。由于她关心、体贴职工，大大调动了职工们的积极性。全厂上下一条心，产品质量精益求精，很快走到了同行的前列。1984 年受到轻工业部的表彰，1986 年出口额达 400 万元，产品远销日本、美国、意大利、新加坡和香港等 80 多个国家和地区。

米菲的微笑

现代商业竞争中，更多、更直接的“笑里藏刀”是用在谋取对手的资金、人才或科技成果方面，在对方毫无戒备中置他于死地。

著名的娱乐大王迪斯尼就有过这样一段经历。

在当代世界，迪斯尼的名字家喻户晓，妇幼皆知，他在娱乐业表现出的杰出才华将作为里程碑留在人类文明的发展史上。

米老鼠、唐老鸭、白雪公主，一个又一个可爱的卡通形象走进人们的生活，带给人们无数的欢愉和振奋。迪斯尼还创建了世界上最大的娱乐公园——迪斯尼乐园，集公园、娱乐、商业为一体，令男女老幼乐在其中。

迪斯尼一生都在创作欢笑，但他的创业过程却并非一帆风顺，走过许多的艰难曲折。

迪斯尼自幼喜爱画画，立志从事卡通电影制作。1923年，年轻的沃尔特·迪斯尼来到好莱坞，决心在这个色彩绚烂的世界里大显身手，实现自己多年的梦想。

关云长五关斩六将

好莱坞片场林立，主导着当今电影制作的最高艺术，演员、导演、制片商各种有才华的人云集在这个电影城，演绎人间的悲欢离合。

迪斯尼在这儿正式开始制作卡通电影片，他拍摄的第一部影片是《爱丽丝梦游仙境》，这是个著名的童话故事。首战告捷，影片获得了相当的成功，可爱的爱丽丝走进千家万户，迪斯尼乘胜前进，继续制作爱丽丝系列影片连续播出。爱丽丝使迪斯尼在卡通电影制作业中初步站稳了脚跟。

两年后，迪斯尼发现爱丽丝受到了观众的冷淡，他醒悟到要想生存必须不断创新，应该用新的形象代替“爱丽丝”了。

正巧，环球电影公司请迪斯尼帮助创作一部卡通电影，影片主角是一只可爱的兔子。迪斯尼决心投入自己的全部智慧，使这只兔子以崭新动人的形象走上舞台。为此，迪斯尼和画家乌比每天都工作到深夜。

功夫不负苦心人，《幸运的兔子奥斯华》非常成功，轰动整个影业界，迪斯尼的名声与才华也得到了人们的赞许和认可。为了协助迪斯尼，哥哥洛衣也来到好莱坞，兄弟俩充满信心，决心在好莱坞闯出一个天下。

为了和环球影业公司洽谈新的业务，迪斯尼带着心爱的妻子乘火车去了纽约。妻子莉莉一直是迪斯尼的得力助手，在那些工作最繁忙的日子，如果没有莉莉，迪斯尼简直不敢想像结果会是什么样子。

迎接迪斯尼夫妇的是一场残酷的挑战，这是他们根本没有料到的事。

环球公司负责人米菲非常热情，脸上一直挂着和善的微笑。可不知为什么，迪斯尼总感到那微笑很虚伪，隐藏着某种不可告人的东西。

谈判开始了，米菲果然一反常态，将新片合约中片酬压得很低，迪斯尼百思不解，奥斯华为环球公司赢得了大笔利润，且势头正看好，环球公司完全没必要这样做。迪斯尼有些恼怒地责问米菲为什么要这样做，米菲收起笑容，阴沉地说："你若不接受，我就把你的人全部接收过来，我已和你的主要工作人员签了合约。"

迪斯尼闻言，如晴天霹雳，一下子惊呆了，米菲这一步几乎要将他置于死地，挖走了他的卡通画家，他的制作靠谁去完成呢？迪斯尼怀着无比沮丧和愤怒的心情把这件事告诉哥哥，合约自然是无法签订了。

洛衣进行了一番详细的调查，发现除了乌比外，几乎所有的画家都和米菲有了密约。

很快，报纸上又登出米菲的谈话，米菲向新闻界宣布，根据合约，奥斯华片集是环球公司的财产而不属于迪斯尼。

迪斯尼伤心透了，亲眼看着自己辛勤的劳动成为别人的财产，他发誓要永远记住这个教训，他要卷土重来，夺回被米菲控制的一切，用新创作击败米菲。

迪斯尼开始和米菲公开较量了。他和乌比一起用尽心血，夜以继日构想出新影片《疯狂飞机》，影片主角是老鼠米奇，风靡世界的米老鼠从此诞生了。

投靠米菲的画家要在两个月后才离开，不能让他们得知一点关于新片的消息。为了保密，迪斯尼和乌比白天在车库进行绘制工作，夜晚，迪斯尼再把绘制好的板拿到制片厂，让一位可靠的职员协助拍摄。在第二天早晨职员们上班前，再把所有图片全部撤走。

这一时期，已出现了有声电影，迪斯尼看准了这一点，未来必定是有声电影的世界，使用有声电影，一定能赚大钱。他决定为他的米老鼠影片配上声音。

由于当时的配音技术并没有完全解决，迪斯尼为此花费了不少资金和精力，他跑遍了好莱坞和纽约。因为影片配声需要很多钱，迪斯尼当时还很贫穷，根本没有资金可供使用，但他已下决心，即使卖掉所有的东西，也要凑足这笔费用。他有一辆心爱的敞篷车，月亮牌的，为了米老鼠，他把它卖了。

第一部有声卡通片《汽船威利》终于完成，声音和动作配合得天衣无缝。新片在哈瑞戏院上映后，果然引起轰动，人们被米老鼠那滑稽的动作和幽默的声音迷住了。迪斯尼常常独自站在剧院的后排，静静地感受观众那无与伦比的狂热。

许多电影公司纷纷找上门来，争着和迪斯尼洽谈新片合约，门庭若市。迪斯尼记住了以往的教训，将独立制片权牢牢掌握在自己手中。

迪斯尼也实现了他的愿望，米老鼠的轰动效应很快使兔子奥斯华黯然失色，米菲的计谋仅仅达到了一时的成功。

经历过这次波折之后，迪斯尼的创业道路逐渐顺利起来，经营思想独具风采。

米老鼠卡通系列剧播出后，美国各地掀起了空前持久的米老鼠热。米老鼠的形象是一个创造，它活泼可爱、勇敢善良，不但赢得了孩子们的喜爱，无数的成年人也为之痴迷。巨幅的米老鼠宣传画在城镇随处可见，这个怪异而滑稽的精灵已经和人们的生活融为一体了。

米老鼠的轰动效应使迪斯尼一时名声显赫，也使他看到了自身所潜在的巨大创作力，他更加信心百倍。

他的又一个经营谋略是："出卖"米老鼠。

这件事的起因有点偶然。

有一天，他正在专心地工作。有位先生突然来访，来人直截了当拿出三百元钱，请求迪斯尼允许把米老鼠形象印在他制造的写字桌上。

迪斯尼突然醒悟，米老鼠的形象是可以"出卖"的。那时，米老鼠已出现在许多商品的显要位置，大到车站、广场、汽车、家俱，小到手帕、冰淇淋、报纸等等，简直无处不在。最初的意向再明白不过了，为了宣传系列卡通剧，是一种变相的广告。随着米老鼠成为明星，这种宣传的内涵也发生了逆转，各种商品已开始借用米老鼠宣传自己。这些使用都是免费的。

注意到这一现象的还有个名叫凯·卡门的人。他找到迪斯尼谈出自己的看法，两人竟不谋而合：再也不能让这事继续下去了，那样会白白损失许多金钱。

从此以后，卡门成为卡通形象使用的专门代理，也成为迪斯尼可靠的经营伙伴。后来，他们又和律师讨论了有关的版权事宜，以便能在法律上生效。

仅此一项，迪斯尼每年增加收入250万美元。

迪斯尼“出卖”米老鼠的作法，令商界同仁赞不绝口。后来，许多人开始步迪斯尼后尘，将这一经营思想发扬光大。

迪斯尼是个永远进取的人，他很快又投入一个新构想之中：

建造迪斯尼乐园。

萌发这个念头已经有不短的一段时间了。迪斯尼注意到，许多人兴冲冲地来到好莱坞旅游，但离开时，都有些不尽兴的遗憾，特别是那些孩子们，更是显得无聊。好莱坞的光彩在电影摄制棚里，在那些令人眼

斩蔡阳兄弟释疑

花缭乱的歌舞厅夜总会里。除此之外，好莱坞便显得破败和零乱，各种公共设施陈旧了，无人更换，卫生状况不良，无人清理。

假如能有一个大型的综合性的游乐园，不是很受人们欢迎吗？

迪斯尼设想这个公园应该有许多独特之处：应该建造一些风格各异的小村落，每个村落有火车站、乐队表演、供休息用的小花园、食品店，还应该设立儿童喜爱的歌剧院、电影院、玩具店、纪念品专卖店和儿童书店等。

迪斯尼还设想应建造一个西部村落，内有西部风格的房屋、牧场、马车。为此，他特地去欧洲旅行，考察了各地的特种动物。

他发现了一种矮小的撒丁尼亚驴，便把它们买回来，他相信一定会博得孩子们的喜爱。

1954 年 9 月迪斯尼乐园破土动工。

迪斯尼亲自监督施工，将所有的建筑物都建成特别的样子，花草树木都奇形怪状，连垃圾箱也做成令人喜爱的装饰物，整个乐园充满了神秘的气氛。

乐园建成后，引起极大的轰动，成千上万的游客从世界各地涌来，尤其是孩子们，简直欣喜若狂，留连忘返。

迪斯尼乐园是世界建筑史上的一个奇迹。

迪斯尼的才华也享誉天下。

威力牌洗衣机的成功术

“威力威力，够威够力”，这则广告用语已为众多人们熟知。这是广东省中山洗衣机厂的名言，亦是该厂的成功之道。

“威力牌”洗衣机自面世以来，经历了多年发展，今天已成为国内的名牌产品，在国际市场上也有一定声誉。1989 年共生产 68.5 万台各种型号洗衣机，销售总额为 3.31 亿元，出口创汇 171 万美元，成为国内同行业的佼佼者。

“威力”是在 80 年代初期创牌的，它以“开拓、奋发、腾飞”为企业精神，决策准确，管理得力，迅速登上了名牌宝座。在具体运作上，则采取了数举充满威力的行动，使自己在激烈的竞争中走出困境，不断阔步前进。

在过去几年，国内曾有一股投资、生产和消费过热的气氛，洗衣机、电冰箱等家用电器的生产和销售一直呈现着兴旺现象。但从1989年起，随着“治理、整顿”的深入进行，市场出现了消费降温，物价开始回落。洗衣机等家用电器的商业库存急剧上升，国内各大商场销售额比上年同期下降28%～70%。“威力”洗衣机的销量也出现了创名以来的逐月负数增长。

面对这种全行业性的困境，“威力”洗衣机厂果断地制定新的策略，决定对本牌子的骨干产品双缸洗衣机作大幅度降价，每台价格下调80元，降幅达15.5%。这一决策的出台，使其在1989年11月18日的“全国家电订货会”上，出现了“威力热”，一举成交8万多台。仅此一举就消除了中山洗衣机厂产品的生产和销售阻力，工厂积压的2000多万资金也回笼了。

在摆脱银根紧缩、市场疲软的困扰时，中山洗衣机厂采取与商业部门携手合作，建立长期合作关系的办法，把工商两者的优势结合起来，形成更有威力的竞争力。该厂在大幅度调低价格，向消费者让利的同时，也向商业部门让利，给予适当的补贴，让商业部门的积极性得到调动。如该厂明确表明，凡商业部门在1989年11月2日前购入库存的“威力”洗衣机，该厂给予每台补贴差价80元，对商业部门原来签订的合同，在1989年11月20日后到厂提货的，一律按价格下调后的新价结算。这样，商业部门不会因“威力”下调价格而蒙受损失，对该厂充满了信心，更积极地去推销其产品了。

在商业部门的协力推销下，威力洗衣机在各地销售额迅速回升，使该厂的生产也达到了日产3600台的历史最高水平。

在困难重重的1989年，同行业的许多洗衣机厂已停产或半停产，然而威力洗衣机的产量和销售总额却分别比上年增长2.2%和2.45%，完成的税利比上年增长20%。

中山洗衣机厂敢于采用大幅度降价去稳住市场占有率，是取决于该厂有强大威力的内涵力量。该厂一贯注重内部经营管理工作；不断运用先进技术；改善生产工艺；采用科学管理办法；使生产成本不断降低、效率更高、产品质量更好。在1989年12月获得了全国家电行业中首家国家一级企业的称号。同时，该厂视野广阔，把销路拓展到海外市场，形成了多股力量，使工厂有了较强的应变能力。

卡隆门电器无限期保护营销术

家用电器结构复杂，因此商店出售家电产品一般都有一定的保修期。这不足以为奇，但如果有人告诉有一家商店的保修期没有时间限制，你一定会在惊喜之余选择这家商店去购买。瑞典的卡隆门商店正是这样一家商店。

卡隆门公司是一家以经营家用电器为主的公司，虽规模不十分庞大，但经营却相当可观。究其原因，是它那“无限期保修”的营销策略，诱惑了顾客。多年来，只要是卡隆门公司出售的商品，只要不到报废的程度，保证永久负责免费修理。就此一招，就深得人心，在顾客的心中树立了在这里购买商品不怕坏的形象。

1984 年的一天，有一位家庭妇女手持一个 1957 年在该公司购买的电熨斗来该公司的电器修理部修理，很快修好。这位家庭妇女高高兴兴地回家了。三个月以后这位妇女的电熨斗又坏了。这时她不想再修了，准备买只新的，想到卡隆门信守“无限期保修”的诺言，又跑到该店买了一只新的电熨斗。还有一位先生从卡隆门公司购置了一套家电设备。因使用不当出了毛病，本应送去修理，又怕拆装之过程损坏设备零件，结果，卡隆门公司上门修理，往返多次，从不厌烦。有一次修理中一个维修人员偶然发现这位顾客旁边就有一家电器商店，非常奇怪，就问他为什么不从这里购买，而舍近求远，这位先生说，因为你们是无限期保修啊。

"无限期保修"使卡隆门公司获得了顾客的信赖，名声也越来越大，销量也越来越多。"无限期保修"也是"笑里藏刀"之计的一种灵活运用。

谈判高手

有一外国公司的总经理，为了一桩十分重要的生意，亲自飞往日本准备参加两个公司间的高级谈判。经过 13 个小时的飞行，早已精疲力尽，总经理对他的随行人员说："我现在最需要的是痛痛快快地洗个澡，然后美美地睡上一觉，所以下飞机后，咱们哪也不去，直接到旅馆。"没想到：刚一步下飞机的舷梯，日本公司的一位穿戴十分讲究的年轻人迎上前来，非常热情地说："我们公司的总经理已经为您准备了欢迎晚宴，现已恭候多时，请您一定赏光"一边说一边不停地躬身施礼，其盛情使人实在难以推却，只好无可奈何地前去“赴宴”。

宴会上，不但酒菜十分丰盛，而且东道主也表现得特别热情，不知哪来的那么多负责人，一个一个轮流来劝你喝酒，也不知从哪找来那么多的理由，把你捧得晕头转向。这位总经理也确实觉得这个晚上过得很痛快，所以直到深夜才返回旅馆休息。

第二天一早，总经理还在睡梦之中，日方便来人敲门，说日方的谈判代表已经等候多时了，这位总经理匆匆忙忙地洗漱，穿戴完毕，来到谈判桌前，只见日方的谈判代表精神焕发、双眼有神、头脑清醒、口齿灵利，而这位总经理和他的随行人员还酒醉未醒，满脸倦意，结果被对方一阵凌利的攻击，便败下阵来。

用酒宴招待客人，并非都有恶意。但日本人在谈判前安排这席“盛宴”，却实属“鸿门宴”。他们在表面上装出的笑脸和热情中，暗藏着“杀机”，虽不是置于死地，却也是要诱其失败。这是使用“友好和善”的手段，间接“杀人”。属笑里藏刀中的“糖衣炮弹”之计。

暗藏杀机的亲情

陈玉书是香港最大的景泰蓝商人，占据着香港50%的景泰蓝商品市场，他所创建的繁荣集团除经营景泰蓝外，还涉足贸易、地产、工业、娱乐业等多种行业。

陈玉书先生1941年生于印度尼西亚，1972年赴港经商，历尽许多艰难坎坷，终于成为“景泰蓝大王”。

会古城主臣聚义

身为繁荣集团董事长的陈玉书先生，在经营生涯中，曾有过一个非常“惨痛的教训”。

改革开放之后，陈先生开始投身香港与大陆之间的多种贸易活动，其中最为引人注目的是一次买下北京30万元的景泰蓝制品，变积压为垄断，这次贸易的胆识和勇气在港岛传为佳话，倍受商界同仁的赞许。

后来，贸易网扩展到厦门地区，和厦门外贸局签订了一个销售雄鸡牌蚊香的合约。

这种蚊香是畅销产品，在尼日利亚等非洲国家销路非常之好。陈先生凭着自己在大陆商界的良好信誉，赢得了厦门外贸局的真诚合作。在商业竞争中，并不是人人都能做到这一点的，也并不是人人都能如愿地得到畅销产品的。

一位厦门籍的港商，得知陈先生手中有不少畅销产品，如兔毛，蝴蝶牌缝纫机，永久牌自行车等，特别是雄鸡牌蚊香更是他梦想得到的货源。这些物品转手之间，便会有可观的利润，因此许多港台商人蓄意周旋在广东厦门一带和有关外贸部门。这样一来，想要得到这些货源则更显得困难重重。

得到这一可喜的消息后，这位港商便开始用“攻心”之战，经常去陈先生的住处拜访，联络感情，一去就“泡”大半天，叙说经营中的种种艰难。

港商一派真诚，言辞恳切，同为炎黄子孙，亲情乡谊使人倍感亲切。几番交往之后，陈玉书倒有几分他乡遇故知之感。商场险恶、竞争激烈，更渴望友情，陈玉书觉得，能遇到这样的朋友，损失一笔生意也是值得的。

陈玉书爽快地将合同转让给这位港商。因为某种原因陈先生当时尚没有开取信用证明的能力。而这位港商又恰好与当地银行有信用关系，所以很顺利地做成这笔生意，陈先生从中只赚取了一点差额。

完全没有料到，这位港商心怀叵测，办好合同转让手续和资信之后，一脚便把陈先生踢开，直接与厦门外贸局进行贸易洽谈。他出示了和陈先生签订的合同转让协议书，银行的信用证明，说明自己才是真正有实力的港台商人，有条件直接将蚊香销往非洲，有能力出信用证明。

有这些文本作证，陈先生自然被视为不可靠的贸易伙伴，港商的阴谋一举获得成功，厦门外贸部门立即中止了与陈玉书的外贸关系，转而和港商合作。

事后，陈玉书再回想那位港商的言谈笑语，亲情乡谊，那种温婉纯厚的神态，浑身不寒而栗，感慨万千，“人心之可怕，至于斯极。”

身为历史系毕业的高材生，陈玉书先生一向博通古今，历史典故烂熟于心，而且极善于从历史中挖掘有益的经营之道。但这一次简直令他目瞪口呆，恐怕遍查古今，也难找如此心胸的小人。

防人之心不可无。一切正直、文明的经营者都必须时刻警惕这样的叵测用心。

陈玉书先生终身都牢记这个教训，但他也不改初衷，他坚信一个成功的企业家必须有他恪守的道德情操，文明、纯正应是当代经营的风范，公平竞争必将代替鬼蜮伎俩。

在彬彬有礼的背后

偏头痛一直是人类诸多疾病中一种比较顽固的病症，治愈率低，治疗期长，而且患病的人数很多，随着生活节奏的加快，现代文明的发展，这种病更是有增无减。

70 年代的美国，治疗偏头痛有两种特效药：一种是由庄莎公司推出的泰伦诺，它的主要销售对象是医生或者医疗专家，它的价格比较昂贵；另一种是必治妥制药厂推出的达特利尔，这种药的价格比较低廉实用。

没有任何一个经营者愿意和别人平分一个市场，庄莎公司不会同意，必治妥厂也志在必得，于是在偏头痛山上爆发了一场争夺战。

主动发起攻击的是达特利尔——必治妥制药厂。庄莎公司则进行一场防卫战。

达特利尔推出时，使用了这样的广告：“与泰伦诺一样止痛，一样安全。”

达特利尔在社会上作了广泛调查，发现泰伦诺的价格偏高，达特利尔决定在价格上作一番文章，以达到攻击对方，抢占阵地的目的，它认为廉价是最有力的武器。

任何举措都只有出其不意才能取胜。必治妥药厂犯了个致命的错误，它广泛的社会调查惊醒了庄荪公司的阔佬们，于是药厂所有计划动向都明白地告诉了对手，预定的广告播出内容已正式摆放在庄荪公司的档案柜中。

庄荪公司要予以痛击了，任何挑战都应让它熄灭在萌芽时期，等到羽翼丰满，恐怕就无可奈何了。经过董事会决策者们的紧急协商，决定针锋相对，达特利尔不是要攻击泰伦诺的价格昂贵吗？那么，针锋相对将价格降下来，变成和达特利尔一样的水平。和失去部分市场相比，降价不会带来更多的损失，而且这一举措将使达特利尔束手无策。

庄荪公司的代表来到制药厂，宣布泰伦诺将要调整价格。这是位衣冠楚楚的绅士，言辞彬彬有礼、谈笑风声，完全没有一点针锋相对的意思，反倒让制药厂感到，他们是被逼无奈才作出的选择，不然后果将会更糟。

送上通知的这一天，距达特利尔广告播出还有两周的时间，庄荪公司已算好了所有的时间，早已将泰伦诺降价的指示传达到下属所有的连锁药店，并用信用证明的方式保护经销药店不受损失，以备后院起火，药店倒戈。

做好了这些事，庄荪公司开始静观事态的发展，他们已稳操胜券。庄荪公司的阔佬们满面春风。

必治妥厂并没意识到自己已大祸临头了，它自作聪明地认为庄荪公司无意反击，而且庄荪公司的决定传达到下属成千上万个零售店还需要一段时间。为此，它将播出时间提前到对方通知它降价的第二天，想给庄荪公司来个措手不及。

这一下必治妥制药厂闯下了弥天大祸。庄荪公司一改上次的温文尔雅，气势汹汹向三大电视网、杂志社、专利协会，公平交易委员会提出申诉，要求必治妥药厂更改广告并赔偿损失，否则决不罢休。

必治妥药厂毫无办法，只能更改广告用语，改动了两次，依然被庄荪公司抗议，最终只能放弃价格便宜的条文。

几经周折，必治妥药厂的广告已没有任何宣传作用了，即使这样，哥伦比亚广播公司和美国广播公司仍然拒绝播出，预计产生市场效应的达特利尔像个不足月的早产儿，瘦弱而又面色苍白。实际上，达特利尔应该是比较优秀的镇痛药，但因策略上的失误，盲目向强大敌人挑战，导致市场占有率一直无法超过1%，对于必治妥药厂，这是个非常悲哀的结局。

庄荪公司在这场自卫战中反应敏捷，并及时用伪装麻痹了对方，将进攻的锋芒裹在彬彬有礼的外交礼仪之中，使对方意识不到陷阱就在眼前，放松了警惕，错过了调整战术的时机而一败涂地。

庄荪公司大获全胜，泰伦诺的宣传效果也达到了最佳，几乎家喻户晓，再加上降价，很快便走进千百万普通家庭，成为镇痛药市场的领导者。

后来，泰伦诺在芝加哥发生了一起悲剧：有七名病人服用了泰伦诺后导致死亡，据分析，是泰伦诺中掺和的氰化物引起的。这起悲剧引起一段为时不短的不利舆论，轰动全国各地。

泰伦诺为此沉寂了相当长时间，谨慎言行，缩小规模，以求自保。但没有多久，待死亡事件稍稍平息后，泰伦诺又卷土重来，重新夺取了镇痛药市场和大片失地，原因是没有很好的镇痛药取代泰伦诺。

达特利尔像昙花一现，早已被遗忘在人世的尘埃之中。

郑卫公以联姻灭胡国

春秋时代，（公元前770～前744年），郑卫公打算吞并胡国（在今安徽省），但他军事装备差，条件有限，不敢直攻，就把自己漂亮的女儿嫁给胡国国君为妻。这样，郑胡二国联姻，结成了亲家。为了进一步使胡国丧失警惕，郑卫公召集大臣商议，他问："我打算用兵兴国，你们看，攻打哪个国家最有利？"大臣们纷纷发表议论。关其思坦率地说："依愚之见，攻打胡国最合适！"卫公一听，马上脸色一沉，愤怒地说："啊！你居然建议向已经同我们结亲的兄弟国家胡国动武，这是什么意思！"马上把关其思给杀了。

胡国国君知道此事后，认为郑国对自己非常亲善友好，就再也不对郑国有什么戒心了。可是，就在此后不久，郑国对胡国发动了突然袭击，胡国没有作什么抵抗，就被灭亡了。很长一段时间里，郑国都是势力强盛的国家，直到公元前375年才被韩国灭掉。

石勒取幽州之战

汉嘉平三年十一月，幽州地区蝗旱连年，乌桓、鲜卑相继叛离，王浚兵势益弱。石勒依谋主张宾之计谋取幽州，遂利用王浚有割据自立的欲望，于十二月遣门客王子春、董肇向王浚献厚礼，劝其称帝，又厚赂王浚之婿枣嵩。时王浚部将游统镇范阳（今河北定兴西南），遣使私附于石勒；石勒斩其使者送王浚，浚益信石勒忠诚。四年正月，王浚遣使者及王子春等至襄国（今河北邢台）。石勒匿劲卒精甲，示以弱兵虚府，厚待来使，并还书王浚，伪称将于三月中旬亲赴幽州劝进；与此同时又修书于枣嵩，求授并州牧、广平公，以显其诚。王浚使者返蓟，言石勒兵力寡弱，绝无二心。于是王浚益加骄怠，不复戒备。二月，石勒见时机成熟，决定远袭幽州，率众日夜兼程。进至柏人（今河北隆尧西）时，又利用西晋大将军、都督并州诸军事刘琨与王浚的矛盾，遣使送人质于刘琨，愿以讨王浚自效。刘琨甚喜。石勒解除后顾之忧，大胆北进，于三月至易水县（今河北雄县西北）。王浚将佐请求出兵迎击，被浚拒绝。石勒领兵至蓟城，疑有伏兵，遂先驱牛羊数千头入城，声言献礼，实为堵塞街巷，使王浚兵不能出战。石勒旋即率众入城，纵兵大掠，杀幽州兵万余人，擒王浚并押往襄国斩首，置守宰后而还。从此，控制了幽冀二州地区，进而为统一北方创造了条件。

第十一计　李代桃僵

【原文】

势必有损，损阴以益阳[①]。

【注释】

①损阴以益阳：损，减损；益，增益，加强；阴阳，统一体中的对立物，阴指次要的，阳指主要的。此处的意思是：损失次要的，以加强主要的。

【译文】

当局势发展到必然有所损失时，应舍得局部地弱小兵力，以保全大局的优势。

【按】我敌之情各有长短。战争之事，难得全胜。而胜负之决，即在长短之相较。而长短之相较，乃有以短胜长之秘诀，如以下驷敌上驷，以上驷敌中驷，以中驷敌下驷[①]之类，则诚兵家独具之诡谋，非常理之可推测者也。

【注释】

①以下驷敌上驷，以上驷敌中驷，以中驷敌下驷：典出《史记·孙子吴起列传》。驷，古代一车套四马，所以称一车所驾之四马或驾四马之车为驷。也为记数马匹的单位，一驷即四匹马。

【译文】

我方与敌方的情况，各有长处与短处。在战争中，各方面都超过敌人是难得做到的。决定战争胜负，即在于双方力量，长处与短处，优势与劣势的较量。而在优势与劣势的较量中，也有劣势战胜优势的诀窍。比如赛马，用下等马对上等马，用上等马对中等马，用中等马对下等马这一类事例，就是军事谋略家具有的独特的谋略，这可不是用一般道理可以推测出来的啊！

【计名探源】

李代桃僵中的僵，是仆倒的意思。此计语出《乐府诗集·鸡鸣篇》："桃生露井上，李树生桃旁，虫来啮桃根，李树代桃僵中的僵，是仆倒的意思。此计树木身相代，兄弟还相忘？"本意是指兄弟要象桃李共患难一样相互帮助，相互友爱。此计用在军事上，指在敌我双方势均力敌，或者敌优我劣的情况下，用小的代价，换取大的胜利的谋略。很像在象棋比赛中“舍车保帅”的战术。

【评语】

“李代桃僵”的原意是指亲兄弟要像桃李共患难那样互相帮助，互相友爱。《乐府诗集·相和歌·鸡鸣篇》:“桃李露井上，李树生桃旁。虫来啮桃根，李树代桃僵。树木身相代，兄弟还相忘?”此计用在军事上，是指在敌我双方势均力敌，或敌优我劣的情况下，用小的代价，换取大的胜利的谋略。

古人认为，敌我双方的情况，是互有优劣的。在战争中，企图从各方面都胜过敌方，是难以做到的。战争的胜负，取决于双方力量的对比，占优势的一方往往获胜。但是，为使我方取得战斗力对比优势，应当运用以劣取胜之诀窍。

【战例】

鬼谷子和他的学生

鬼谷子有两个学生，一个叫庞涓，一个叫孙膑。

一日他为了考验这两个学生的机智和韬略，就出一道题目：吃馒头。他蒸了5个馒头，并规定每次最多只能拿两个，拿起的馒头全部吃完后，才能再拿。最后看谁吃到的馒头多。鬼谷子刚把5个馒头端上来，争强好胜的庞涓就抢先拿了两个馒头在手里，并大口大口地吃起来。孙膑见此情景，不慌不忙地只从笼屉上拿起一个，也吃了起来，庞涓虽然吃得很快，但在还有半个馒头的时候，孙膑已吃完了手中的一个馒头，结果眼睁睁地看着孙膑拿走了余下的两个。结果只得认输。

在庞涓取两个馒头的时候，孙膑只取一个，看起来是处于劣势了，但孙膑用暂时的劣势，争取到了第二次拿馒头的时间，获取了最后的胜利。这就是以眼前的、暂时的利益换取了长远的、永远的利益。

赵氏孤儿

春秋时代，晋国有个谀臣屠岸贾，本是晋灵公宠臣，灵公被赵家的人刺杀后，景公即位，升屠岸贾为大司寇，他要为灵公报仇，阴谋发动一次政变，夺赵氏之权，灭其族。

部将韩厥不知其所为，暗把阴谋告诉赵盾的儿子赵朔，促他趋避，赵朔不肯，说："事到如今，跑也跑不了，如你能为我赵家保存一点血脉，我就是死了也没有什么遗恨！因为我妻子现正怀孕，他是公主，是景公的姐姐。"

"那赶快送她入宫躲避吧，迟了怕来不及。"

韩厥秘密告诉其门客程婴，叫他们护送公主进宫。并嘱："倘将来生女改名文，生男叫武，文人无用，武可报仇！"

第二天清早，屠岸贾亲率甲兵把赵府围住，不问情由，将赵朔、赵同、赵括、赵婴齐及一家男女老少统统杀掉，检查尸体，独少了赵朔的妻子庄姬公主一人。

有人告密说公主入宫去了，屠岸贾便入宫奏知景公，要拉公主出来杀头，景公说怕伤母后的心。屠岸贾又说公主已怀孕，一旦生下男孩，留下逆种，异日必定报仇，重演桃园弑君之事。景公却说待生产男孩后把他杀掉就是了。

屠岸贾于是派人探问公主生产的消息。

隔不多久，公主果然生下一男孩。屠岸贾听到这个消息，立即带人进王宫搜索，公主着慌，把孩子藏在裤子里，默默祷告："姓赵的该绝种，你就哭吧；如不该绝种，你就不要出声！"果然，孩子一声也不响。

屠岸贾搜不出什么，认为已把孩子运出宫去了，便到处悬赏缉拿。

赵盾生前有一位忠实门客叫公孙杵臼的，在当日赵府被围的时候，便约同门客程婴一齐殉难，程婴答道："赵夫人怀了孕，若生下男孩，我还得把他好好地养大；如果是女，那时再死未迟。"公孙杵臼非常同意程婴的见解。及闻公主生的是女，公孙杵臼便哭将起来："天呀！你真的灭绝赵家吗？"程婴却劝他："未可相信，我去打听一下！"于是设法和公主取得联络，公主给他一张纸，上面只写了一个武字，才知道生的男孩，两人欢喜无限。乃至屠岸贾搜宫无所获，两人又商议起来。

程婴对公孙杵臼说："这次他们虽搜不出，以后必定还会再搜！那怎么办？必须想办法把孩子偷出宫来，藏在远方才保安全。"

公孙杵臼想了好一会，问程婴："保全孤儿和一死报恩，哪一件困难呢？"

程婴说："当然一死报恩容易，保全孤儿困难了。"

"那好极了，兄为其难，弟为其易，赵氏上代待你很好，那你就该勉为其难，担当起保全孤儿的责任吧。"

"这话怎说？有何计策？"

"只要找到一个最近出世的婴儿，冒称是赵氏孤儿，由我抱着往首阳山躲起来，你便去告密，屠贼搜着了假的，就不会再受威胁了。"

"那就最巧不过了，"程婴说："我妻子也刚生下一个男孩，和孤儿的生日相近，可以代替。可是，你犯了藏孤之罪，必定处斩，那……"说到这里，眼泪簌簌地落下来。

三十六计之李代桃僵

公孙杵臼生气了，说："哭什么？这是件大事，也是好事。你立即去抱儿子过来，然后去找韩厥将军，把孤儿设法安置好！"

程婴收泪回去，在半夜里悄悄把儿子交给公孙杵臼带往首阳山去，即往见韩厥，给他看看掌上的"武"字，再把公孙杵臼的计划告诉他。韩厥大喜，便对程婴说："刚巧赵夫人有病，叫我去请一个信实的医生，你只要能把屠贼骗到首阳山去，我就会设法把孤儿弄出来的。"

计策安排好了，程婴就往屠岸贾处告发，只认自己和公孙杵臼是赵家门客，受赵夫人委托，秘密带走赵氏孤儿，逃匿深山。恐日后事露，全家遭斩，因此先行检举，可保全家生命，且可得到千金赏赐。"

"孤儿现在什么地方？"屠岸贾问。程婴叫左右退出，然后告诉他："现匿居首阳山深处，务要迅速进行，否则将逃往秦国去了，还要大人亲往，别人多与赵氏有交情，信赖不得！"

屠岸贾大喜，亲率三千甲兵，程婴带路，直奔首阳山去，山路崎岖，阴暗幽僻，好一会才见有一茅房。程婴说："在这里。"说罢敲门，公孙杵臼出迎，一见情形回身便走。程婴高声喝："不要跑，屠大人已经知道了，特亲自来取，快把孤儿献出来吧！"

甲士已把公孙杵臼绑起来，见屠岸贾。屠问："孤儿安在？"

公孙杵臼气愤愤说："没有！"屠岸贾不理会，下令："搜！"搜到壁室里，见锁着，便冲进去，里面很暗，听见有小孩子哭声，抱起来，见用锦绣裹住。

公孙杵臼一见，想扑过去抢，却被甲士揪住。他就指着程婴大骂：“程婴，你真是王八蛋，我和你同受赵氏之托，藏匿遗孤，想不到你这个小人，居然出卖我，贪图千金之赏，忍心断绝了赵氏的血脉，你真是良心丧尽……”把程婴骂得狗血喷头，羞惭满面。

“你死到临头还不知悔？”屠岸贾说，把他杀掉！“嚓”的一声，公孙杵臼已倒在地下，身首异处。

屠岸贾接过孤儿，往下一摔，骂：“去你妈的吧，你赵家也该有今日！”

孤儿变成肉饼之后，屠岸贾得意洋洋地收队回京。

当屠岸贾往首阳山搜孤的时候，城里的检查也松懈了。韩厥乘机托心腹扮成医生，入宫给赵夫人医病，在药箱上贴一“武”字，赵夫人会意，诊脉完毕，乃将孩子暗置药箱内，带出宫去。韩厥即藏于密室，雇心腹乳母哺养。

过了十五年，赵武长大了。景公要恢复赵氏声誉，韩厥趁机把冤情经过说出来，景公大怒，特许赵武雪冤，于是屠岸贾全家又被赵武杀尽。

“赵氏孤儿”的故事流传久远，而其中程婴和公孙杵臼的义胆忠心令人钦佩，他们为了保留赵家的后代，一个献出了生命，一个献出了儿子，尽管代价是很大的，但他们终于使赵武长大成人，为赵氏家族报了仇，这也堪称“李代桃僵”之计的运用典范。

完子舍身报国

春秋末期，齐国大夫田成子独揽了齐国大权，当时齐国面临内外交困的形势，内部的百姓怨气很大，外部诸侯不服。田成子因上台的“名分不正”，所以，对此一直苦无良策。

终于越国借口田成子谋逆篡权，出兵伐齐，田成子急召幕僚们商议，意见分歧很大。有的说：“越国是欺人太甚，我国虽然兵弱，但可以全民动员，共同抗敌。”有的说：“时下国内人心浮动，如果倾城出动，恐怕难得民心，难以服从。”有的说：“大王何不效仿他国，割让几个城池给越国，或可免动干戈。”

争来争去，田成子都觉得不是破敌良策。他心里捉摸：倾城出动迎敌，不仅耗费国力太大，而且仅靠一批善战勇士带领老百姓去打仗，不一定能获胜，现在自己地位又不太稳定，闹不好还会出现反戈一击的局面。割让城池也非上策，自己刚刚掌权，就舍城丢地，将来难以建立威望，后患无穷。

正在这时，他的哥哥完子献计说：“我请求大王准许我率领一批贤良之士出城迎敌，迎敌一定要真打，打一定要战败，不仅战败而且一定要全部战死。惟有如此，才能退越兵，保齐国。”此语一出，满座皆惊。田成子也感到迷惑不解，问道：“你为什么要带一批贤良之士出城迎敌?”

完子从容回答：“王弟现在占据齐国，老百姓还不了解你的治国本领，没有看到你的政绩，有的私下里议论纷纷，说你是窃国之盗，不一定愿意为你打仗。现在越国来犯，而贤良之中又有不少骁勇善战之臣，认为我们蒙受了耻辱，急于出兵迎战。在我看来，出现这样的情况，我们齐国已经很令人忧虑了。”“王兄所言极是，可为什么非得你去主动战死才能保全国家呢？难道没有别的办法吗?”田成子面对仁爱而又勇敢的哥哥仍然不得其解。完子说：“越国出兵无非是要在诸侯面前抖抖威风，捞个正义的名声，况且，以它现在的势力完全吞并我们还不可能。我带领一批贤良之士，出兵迎敌，战而败，败而死，这叫以身殉道，越国一看杀死了大王的兄长，‘教训’我国的目的也就达到了。而随我战死的那些人也为国尽了孝心，没有战死的也不敢再回到齐国来，这样一来，国内的人心也就稳定了。所以，据我看来，这是惟一的救国之道了。”

田成子边听边流泪，他为兄长的自我牺牲精神所感动。为挽救齐国，他只好听从了兄长的意见。果然不出完子之所料，在越国军队杀死包括完子在内的一批贤良之士之后，立即撤走，齐国终于转危为安。

在这个故事里，完子在权衡利弊之后，果断做出了以身殉国的决定。完子用李代桃僵的办法，使齐国避免了一场灾难。

陈轸救楚国

战国时间，韩国地处实力雄厚的秦国和楚国之间。韩宣王为人优柔寡断。秦王把楚国看作是称霸道路上的敌手，为此试图发兵攻打楚国。可韩国偏偏挡在道中，于是秦王就派丞相张仪前往韩国，企图说服韩与秦一起攻楚。面对两邻国之争，韩王采取了中立政策，这便激怒了秦王。他决定，先要迫使韩国屈服。公元前 317 年，也就是韩宣王十六年，秦国向韩国宣战。一路上，秦军未遇到什么大的抵抗就杀进了韩国。韩王忧心如焚，马上召见韩相公仲明。公仲明反对直接与秦对抗，他引用了民谣“李代桃僵”的话来说明道理。但韩王不理解其含义。公仲明就指着宫苑内的两棵树说：“假设小树为桃树，大树为李树，桃树上突然落下了害虫，如果想保桃树，则只有把害虫从桃树上引到李树上去才行。”

这时韩王才领悟到公仲明的意思。是要把祸水引向楚国，让楚国代替韩国承受灾难，以保全韩国。于是，韩王便派公仲明出使秦国，并割让韩国一座名城贿赂秦国，以便与秦国结成联盟，共同伐楚。

楚王听到这个消息很害怕，急忙召见谋臣陈轸商议对策，陈轸听后笑道：“韩国是想利用‘李代桃僵’之计来对付我们，那我们就用其人之道还治其人之身罢！”

小霸王怒斩于吉

楚王听从了陈轸的建议，一方面在军事上做好了抵抗秦军进攻的准备，另一方面，又派人到各国去散布流言，说是楚国接到了韩国的求援信。随后就委派楚军去救援韩国，与此同时还派了一名密使前往韩国，送给韩王很多贵重礼品，建议韩王与楚国联盟共同对付秦国。韩相回绝了这个建议因为这意味着韩国将为楚国而牺牲自己。楚国密使这坚定的语气使优柔寡断的韩王轻易上了当。他放弃了原先与秦国结盟一齐攻打楚国的计划，改为与楚国结盟，共同对付秦国。

秦王对韩楚结盟的消息将信将疑。他便派密探扮成商人模样混进韩、楚两国侦察。结果证实了这一消息。

韩王的反复无常激怒了秦王，他率领大军在楚军到达之前杀人韩国。韩军进行了英勇的抵抗。韩王面对这极其危机的局势，只好派使者前往楚国，请求楚军支援。楚王采纳了陈轸的策略：派军队向韩国方向进发，但这只是为了制造假像，目的是促使秦军在韩楚会合之前尽快攻占韩国。

楚王对韩国使者说，支援部队已在路上。实际上，他根本就不想支援韩国。

韩军苦苦等待楚军的到来，但楚军总也不出现。这样一来，韩军军心涣散，畏惧心理大增，很多士兵逃跑。这时，秦军发动了总攻，并大获全胜，韩国最后沦为秦国的附庸国。

在秦军大败韩军之后，楚王担心秦军会来攻打自己。谋臣陈轸则认为不必为此担忧。因为李树已经僵死于地，借此就可以暂时保证桃树的生存。

秦王手下的谋臣要求攻打楚国，但遭到了秦王的拒绝。因为对韩之战已使秦军造成很大的损失。楚军现在士气饱满，正严阵以待地等着与疲惫的秦军作战。于是，秦王就率军班师回国去了。到此，陈轸的计谋大功告成。韩国成了牺牲品，如此保证了楚国暂时的安全。

田忌赛马

战国时期，齐国大将田忌经常和齐威王及王子们举行赛马活动，而且赌注极高。田忌输得多，赢得少。

一天，孙膑陪他去赛马。孙膑知道田忌的马与王子们的马各按速度分成上、中、下三等，田忌的马虽然在总体上多劣于王子的马，但各等马的马足力相差并不多，只要策略得当，完全可以赢得比赛。

等到下一场赛马，孙膑建议田忌：用自己的下马对王子的上马；用自己的上马对其中马；最后用自己的中马对其下马。田忌听从了这一建议。结果，他以下马对上马一场失败，换回了上马对中马，中马对下马的两场胜利。“李代桃僵”在这里被孙膑运用得恰如其分，牺牲下马对对方上马的比赛，目的是获得上马及中马对对方中马及下马的胜利，从而获得比赛的总胜利。也就是说，以部分牺牲作代价，取得总体上的大胜利。

李牧抗匈奴

战国时，赵国良将李牧被派往北部边疆，镇守雁门，抗击匈奴。他到任后，以武将身份代行地方行政事务，设置官吏，建立衙门；岁税一律收入他的府库中，由他支配，用作军队的费用。他每天杀牛羊犒赏士卒，并亲自教练兵将骑马、射箭，搞对阵演习；又经常派出探骑，打听敌人的动向。他对士卒也能同甘共苦，处处照顾得十分周到。只是有一点大家很不理解：他只准士卒坚壁自守，还特别为此下了一道命令："所有士卒，凡看到匈奴人入侵抢掠，必须迅速赶回，保护营寨，不准与之交锋，如不听令，擅自出营捕捉匈奴者，斩！"所以每当匈奴入侵，李牧都叫部将发出信号，他的士卒一见信号，都飞快跑回营寨，无人敢擅自与敌战斗。这样过了好几年，赵国边疆虽然常遭匈奴侵扰，但由于匈奴人搞不清李牧不出击的原因，不敢深入边境，当地百姓没有受到什么损失。不过匈奴总认为李牧是个胆小的人，李牧手下部将、士卒由于李牧从不出击，也认为他是个惧怕匈奴的将军。

这事渐渐传到赵的国都邯郸，连赵孝成王也以为李牧不出击匈奴是胆量太小，没有理解李牧因为匈奴力量强大，暂时避开它，以便养精蓄锐，转化敌我力量，准备待机出击，却诏书责备李牧。李牧接诏书后，仍然坚持以往战略，不准士卒出击。赵王大怒，便把李牧召回邯郸，另派赵葱代替李牧。

雁门纵牧

赵葱到了雁门，一反李牧之所为。他守雁门一年多，匈奴每次侵扰，他都率领士卒出击，多数是被匈奴打败，因而边地人口、牲畜常被匈奴掳走。当地百姓不敢耕种，不敢放牧，苦不堪言；他的部将、士卒也死伤不少。于是，百姓和士卒多次上书，请求赵王仍派李牧来守雁门郡。

赵孝成王看到边报和当地百姓的请求，才知李牧守边有一套办法，以前是错怪了他，复请李牧出守雁门。

李牧因感到赵王不察边塞实情，听信谗言，人云亦云，召他回朝，心中很是不快，今见赵王一再坚持，他才去见赵王，说："大王如果一定要我去守雁门，那就准许我仍用过去的办法，不然我是难以从命的。"赵孝成王说："本来将在外，君命有所不受。你就用你的老办法去守边吧，寡人再不干涉了。"

李牧再次来到雁门，仍如从前一样：对敌人，仍不准出击，遇到入侵，速回营寨。对士卒，同甘共苦，照顾十分周到。匈奴人见又是李牧守边都很小心谨慎，不敢大肆侵扰，即使来，也不敢贸然深入。这样又过了几年，边塞都相安无事。

赵孝成王十六年（公元前 250 年），李牧看到守边将士经过将近 10 年的养精蓄锐，士气已经激励起来，"养兵千日，用在一时"的时机已经成熟，就精选战车一千三百乘，战骑一万三千匹，勇敢善战士兵五万人，射箭好手十万人。并把这些挑选出的士兵组织起来，天天进行训练，准备大战。众将士一听李牧要出击匈奴，人人摩拳擦掌，斗志昂扬，都跃跃欲试，准备大显身手。

李牧见众将士斗志旺盛，心中大喜，但又一想，不能只是驱赶这些勇士去战死。因而每夜翻读《春秋》、《左传》、《孙子》、《国策》，希望在这些古书中找到决胜之方。白天又加派斥侯，侦察敌情，以做到知己知彼，万无一失。最后，决定用“损阴以益阳”的办法，在出击时，先故意显示实力虚弱，先付出点小的损失，引诱敌人，使敌人骄傲，再出奇兵，以求全胜。主意已定，李牧便召集各将校来大营商议，诸将校听罢李牧之计，都表赞同，纷纷请战。一天，李牧通知边寨人民都出去放牧。一时人、畜遍野，一派北塞动人情景。匈奴人见了，自然心动，立刻派出小股骑手前来抢掠。这时，李牧假装败退，丢下一些人、畜。匈奴首领单于听说后，心想：李牧果是无能之辈，才疏胆怯，不堪一击。于是亲自率领大队人马前来进犯。

单于不知，李牧早已布下奇兵，严阵以待。他分兵三路，以一路正面迎击，左右两路包抄出去，围歼来犯之敌。匈奴人素以掳掠为能事，虽善骑射，但无纪律，不听从号令，本乌合之众，哪里敌得过训练有素，出击心切的赵军。三路人马，在李牧指挥下，很快将匈奴十万之众，包围起来。只见塞外草原，战马嘶鸣，杀声震天，展开了一场恶战。这一仗，只杀得匈奴首领单于落荒而逃，檐褴被消灭，东胡被击破，林胡见大势已去，只好投降，表示不再侵扰赵国。此后十几年，匈奴人就再也没有侵犯赵国边境。

赵悼襄王死后，由其子迁继位，为赵国最后一个君王。他在位的第七年，秦又使王翦攻赵，赵王迁遂命李牧领兵抗击。秦见赵以李牧为将，因李屡败秦，知遇劲敌，求胜不能，便用重金收买赵王宠臣郭开，使反间计，造谣说李牧谋反。赵王迁听信谣言，派赵葱、颜聚代替李牧将兵，李牧不受命，被赵王迁派人乘他不备时，捕捉了李牧，并把他杀害了。赵国失去良将李牧，很快也就灭亡了。

刘邦聚兵攻霸王

正当汉主刘邦听从了陈平的计谋去端霸王老窝，调动兵马，准备东征彭城时，滕公夏侯婴带着常山王张耳来求见，说张耳前来投降。原来，张耳和陈馀是最要好的朋友，后来两个人闹翻了，互相征讨过几次，陈馀杀了张耳的家小，张耳走投无路，便带着人马来投靠汉王。汉王知道这些，他现在要攻打霸王，正需要兵将，张耳来得正好，他要好好地利用张耳，使张耳为他出力，就热情诚恳地招待张耳，信任他，并且重用他，仍旧称他为常山王。

后来汉王听从董公的建议，名正言顺地攻打霸王，就兴师动众地为义帝举哀，吩咐将士们为义帝穿三天孝，并号召各地诸侯共同讨伐杀害义帝的霸王。这时，赵王的相国、张耳的仇人陈馀派人来了，说："汉王若肯杀了张耳，赵王就派大兵来。"汉王这时已收留了张耳，正要重用他，让他为自己这次征讨霸王出力呢，怎么能杀他呢！可是不杀张耳，赵国又不发兵，现在自己要攻打霸王，手下的兵马，是越多越好，怎么办呢？汉王可为难了，他左思右想，有了，他在小兵中挑了个面貌像张耳的人，把他杀了，脑袋割下来交给陈馀的使者带回去。陈馀一看这颗人头，血肉模糊，和张耳又有几分相像，也没想到汉王居然会用假人头骗他，就发兵给汉王，帮助他去攻打霸王。

这样，汉王就汇聚了五六十万人马，准备去东征。

少年狄青的故事

狄青从小失去双亲，一直与哥哥狄素相依为命。狄素是个贫穷、正直的庄稼汉。一天，狄青去给田里干活的哥哥送午饭。半路上，一个女子匆匆跑来告诉狄青：他哥哥同铁罗汉在河边动手打起来了。

铁罗汉是个游手好闲之徒。这天他喝醉了酒，就跑到田里找碴儿打架，他从一个老实农民手中抢过一个馍，这个农民想夺回自己的馍，于是两人便厮打起来，个头矮小的农民被铁罗汉摔倒在地。一直坐在一旁的狄素此时再也按捺不住，上去就给铁罗汉一拳，于是狄素和铁罗汉又打了起来。那个女子正去送饭，见此情景，便马上跑回来喊人。等狄青赶到出事地点，争斗早已结束，狄素正眉头紧锁地坐在一块石上喘粗气；只见不识水性的铁罗汉正在河中挣扎。他是被狄素一脚踹进河里的。狄青心想，若是这家伙淹死了，哥哥就要大祸临头，按宋朝法律，杀人要偿命。于是狄青立即跳下河去救铁罗汉。这时，铁罗汉已经扑腾得精疲力尽了。突然间，他发现来了救星，便使尽全力伸出手，一把死死抓住狄青破衣衫的领子。只听“嘶”地一声——铁罗汉把狄青的衣领拉了下来。狄青赶忙揪住他的头发，把他拖向岸边。与此同时，他在铁罗汉耳边低声说道：“俺狄素救你一命。”

铁罗汉喝了很多水，神志已经不清。他无法搞清究竟是谁救了自己。将近岸边时，他便失去了知觉，躺在那儿像个死人一般。

“俺打死他了，”狄素对弟弟说：“俺得偿命，你管这闲事干吗？”说着流下了眼泪。

“哥，你放心，他只是一时失去知觉，不会死的。”狄青安慰哥哥道。

“可我在光天化日之下将人打伤，凭这一点，衙门就会罚我赔钱的。”

这时，村民们从四面八方赶了过来，他们纷纷安慰狄素，别担心，我们会为你说情的。

村长此刻也赶到了出事地点，他喝道：“狄素！朝廷有法，不准斗殴，谁惹事打死人，谁就要偿命。”

狄素呆呆地站在那儿，等着被抓。

“等一等！”狄青挺身而出。

“小子，你敢反对？”村长沉着脸对他道。

狄青大声说道：“你全弄错了。事情明摆着，铁罗汉欺负一个弱小村民，我出于旁观者的责任感，一怒之下帮了弱者。这个流氓（指铁罗汉）自己不小心，差一点淹死，是我哥哥把他拉上岸救了他。”

村长看着他半信半疑，又看看众人。几个村民马上大声说道：“没错，我们可以作证。”

狄青附和着：“你瞧，他手里还抓着我的衣领呢！”

村长蹲下身去扳开铁罗汉的手，果然那破衣领被他紧紧捏着呢。村长想让人把狄青绑起来，可狄青又

小霸王怒斩于吉

叫了起来："还不知铁罗汉是死是活呢？"

"好吧，现在就搞清楚。"村长无可奈何。

狄青敏捷地跑到铁罗汉身边，骑在他身上，开始揉铁罗汉的肚子。很快，铁罗汉张开了嘴，大口大口地吐黄水。又过了一会儿，他醒了过来。狄青趁机俯身在他耳边低语了几句。

铁罗汉摇摇晃晃爬起来，步履蹒跚地走向狄素。他双膝跪倒作揖，口中念道："多谢你的救命之恩……"一连说了几遍。

狄素觉得非常意外，一场暴风雨本来已降临到自己头上，现在却一下云开雾散了。看热闹的人见没事了，也就各自散去了。

在回家的路上，狄素问弟弟："铁罗汉为什么要感谢我救了他的命?”

狄青答道:“铁罗汉抢人馍馍,又和你打架。他是喝醉了,对这些事根本记不清。后来我救他时,位置是在他身后,我对他说:‘俺狄素救你。’当他从昏迷中醒来,我又轻声告诉他:‘你应该去感谢狄素。’他真的就这么做了。”

狄素深为赞赏狄青的机智,帮自己躲过了一场大难。此时的狄青只有15岁。

卖同类赵忠不得好死

在东汉灵帝在位时,宦官势力已十分强大,反对宦官政权的官员如李膺、陈蕃等都遭到杀害,被株连者成千上万。

汉灵帝在台时,宦官集团的核心领导力量是灵帝宠信的中常侍等人,即张让、赵忠、夏恽、郭胜、毕岚、段珪、孙璋、栗嵩、张恭、高望、韩悝、宋典等十二个太监,因取其大数,故称十常侍,中常侍是东汉宦官职位中品级最高、权力最大的一职,俸禄二千,整日侍从皇帝左右,传达皇帝口谕,阅览外廷尚书呈进的奏折文书,是皇帝与外廷朝官交流的极重要中介环节。张让他们利用汉灵帝年少幼稚和荒唐昏嗔的弱点，假传圣旨，谄害异己忠良，导诱灵帝公开卖官鬻爵，大肆搜刮民财，盘剥百姓。他们不仅向百姓勒索暴敛，还以助军费、修宫殿名义，公开要各地官吏捐钱献物，不捐者不得上任。宦官们趁此大饱私囊，建造起富比宫阙的府第，过上了奢华荒淫的王侯般生活。在这些为乱天下的宦官之中，张让、赵忠是其首领，汉灵帝公开对人说："张常侍是我爹，赵常侍是我妈，"对两人的信任超过了外朝官僚。中平二年（公元185年）六月，张让、赵忠等十二人被封为列侯。车骑大将军皇甫嵩征讨张角黄巾军起义，路过邺城时，看到赵忠府第，金碧辉煌，超过了朝廷规定的规格，曾上奏灵帝要求予以没收。赵忠见折，立即同张让一道至灵帝前诬告，说皇甫嵩久战无功，浪费国家资财无数。灵帝言听计从，立即召皇甫嵩回洛阳，收回封赐的左车骑将军的印信绶带，还削其封邑为六千户。中平三年（公元186年），汉灵帝提拔赵忠为车骑将军，让他执掌领兵大权。灵帝还让赵忠评定朝廷官员在镇压黄巾起义中的功劳，以便灵帝论赏。执金吾甄举推荐傅燮，说他镇压张角起义立下大功，尚未被封侯，如能举荐，将会顺乎民心。于是赵忠派其弟弟城门校尉赵延去找傅燮，赵延说："只要你稍稍交结我哥哥中常侍赵忠，封万户侯不在话下。"傅燮为人耿正，不愿意交结宦官，厉声对赵延说："立功无赏，是我的命不好，我怎能乞求私人的恩赏！"赵忠知道此事后，对傅燮由怨生愤，只是顾虑到傅燮名望太大，不好公开加害，不久以洛阳太守一职，把他打发出京城。

中平六年（公元 189 年），汉灵帝病死洛阳嘉德殿，十四岁的刘辩即位，改元光熹，史称少帝，封渤海王刘协为渤海王，朝政大权落到了何太后和大将军何进手中。外戚势力的入朝秉政，对于张让、赵忠为首的宦官集团造成了极大的威胁，一场你死我活的宫廷斗争由此而生，正是在此过程中，赵忠巧施李代桃僵之计，出卖同类蹇硕，玩弄了一场舍乙保甲的权力游戏。

原来蹇硕也是汉灵帝器重的宦官之一。中平五年八月，汉灵帝设置西园八校尉，以小黄门蹇硕为上军校尉，典领京城禁军。袁绍为中军校尉，鲍鸿为下军校尉，曹操为典军校尉、赵融为助军左校尉、冯芳为助军右校尉，夏牟为左校尉、淳于琼为右校尉；黄巾起事之后，灵帝很注意军事，蹇硕身体强壮，通晓军事，为灵帝所欣赏，虽然他是个宦官，却委任他禁军统帅之职，连大将军何进也要受他辖领指挥。何进因妹妹何皇后关系，位进大将军，在黄巾起义爆发后，领左右羽林军和五校尉，负责京城洛阳的防卫。蹇硕的上任，不仅分其权，还要听从一个宦官的指挥，自然心中不服。加上灵帝临终之前，把自己同王氏所生的儿子刘协托付给蹇硕，蹇硕临终顾命，就想立刘协为帝，他借口召何进进宫议事，想杀死何进。那知何进入宫时被人示警，及时逃回军营，并与何皇后商量，立了刘辩为皇帝。刘辩上台时是个十四岁的娃娃，何皇后以太后之名临朝听政，何进以大将军录尚书事辅政，何进的兄弟何苗等人皆手操兵政大权。何进上台秉政后，听从袁绍等人的劝说、鼓动，一方面想打击宦官，巩固何氏外戚在朝中的地位。另一方面，还想利用东汉中期以来，宦官专权，屡兴党锢之祸，招致天下共怨的情势，杀尽人人痛恨的宦官，以垂名后世，贪功邀名。所以何进决定向宦官动手，并把杀死蹇硕报仇雪恨作为紧要重点。

蹇硕也感受到形势的危急，私下里也运筹图谋何氏外戚。他写信给赵忠等人，要求联手杀何进。信上说："现在大将军何进兄弟控制了朝廷，要与党人官僚共谋，把我们这些灵帝身边的亲信，扫除杀尽，只是因为我仍辖领着禁军，才暂且未动。我们应当一齐动手，关闭宫门，赶快把何进兄弟捕获处死。"

赵忠接到蹇硕的信，思虑良久。蹇硕信上所讲的，都是现今实情，但赵忠心里明白，自从少帝上台后，何氏外戚势力已经占据朝廷绝对优势，不仅为天下豪杰所推戴的大豪强袁绍、袁术兄弟拜在何进门下，另外不少社会名流、文人谋士如荀攸、何颐、郑泰等人都为其所用，在此情况下，轻意出击，并无胜算把握。何况少帝非同灵帝，何皇后身为母后，对少帝的影响，要远远超过陪伴他长大的宦官们，灵帝时代的好时光已经一去不复返了，而且宦官作恶多年，天人共怒，何进乘机起势，容易得手。退一步地讲，即使何进一时失手，宦官恐怕也难逃后来者打击的厄运，因此，从自身利益出发，不如暂时缓和与何进的矛盾，平息事态，只要能得到何进的宽容，自己能及时退身，安享晚年，也是幸运不过的事了。赵忠如此一想，不仅没有答应蹇硕的建议，反而把蹇硕的密信送给何进阅看，揭发蹇硕以邀功。何进阅信后，立即领兵逼宫，令黄门搜捕蹇硕。蹇硕临死，才知同类赵忠出卖自己，虽咬牙切齿，但已无回天之力，旋即被何进处死，做了一个冤死鬼。其所掌禁军，全部为何进接管，何进成了东汉末年手执军、政权柄的真正权臣。

赵忠等人出卖蹇硕，最大的收获是暂缓了何进尽诛宫内宦官的步伐，自己可以苟活于一时，可是并没有改变和打消何进诛杀宦官集团的计划。赵忠，张让等人又在何太后面前活动，用重金贿赂何进的母亲舞阳君和何苗，使何太后改变了态度，明确表示不同意诛杀宫内宦官。何进无法，偏信了袁绍的意见，引豪强军阀董卓以及王匡、丁原等人领兵入京，逼太后退位。何太后在大兵临近城门的情况下，勉强同意把掌权的常侍、黄门等宦官赶出宫廷，但十常侍们因有太后母亲舞阳君从中说情，旋被留用，而何进则在中平六年八月，再次进宫劝何太后尽诛宦官时，被张让、段硅等人抢先动手，砍下了脑袋。何进的部下吴匡、张璋与袁术、袁绍，听到何进被杀，害怕宦官势力重新复起，干脆领兵攻打皇宫，宦官二千多人被乱兵所杀，赵忠逃到朱崔门下，被袁绍捉住，砍成两段。而豪强董卓，乘机领兵人都，由此之后，董卓玩东汉朝廷于股掌之中，成了最大的赢家，而何进、赵忠倒成了刀下之鬼，这都是两人当初都未意料到的。

赵忠李代桃僵恶意出卖同类，虽躲过了一时之灾，但最终却难逃杀戮。

屈死的王典仓

由于出身贵族世家的袁术僭称帝号，曹操便以汉室丞相的身份首先发难，对袁术进行讨伐。一次两军在寿春一带相持了很久，曹操的粮食快要用尽了，虽已派人催送，但一时不能送到。为了能坚持到大批粮食运到，必须节省现存的一点粮食，曹操便把典仓吏王召来，命令他用小斗付粮以解燃眉之急。这样士兵因口粮不足，普遍产生不满情绪。为了稳定军心，曹操又把典仓吏王召进密室，对他说："现在军中粮食将尽，将士们对小斗付粮又十分不满，我想借你一件东西压一压军心，不知你是否肯借？"

典仓吏王说："只要能为丞相排忧解难，我什么都在所不惜。"曹操便立刻抽出刀来，说："我想借你的头来用一用，你死后，我会善待你的老婆孩子的"，王典仓刚要辨解自己无罪，头早已提在曹操手中。曹操把典仓吏王的头传示全军，对将士们说："典仓吏王故意克扣军粮，现已查实，特斩首示众。"众人不知底细，都把自己的怒恨倾泄到典仓吏王的身上，即然丞相已杀了典仓吏王，大家自然也就无话可说了。这样，曹操争得了时间，不久粮食就送到了军中，曹操取得了胜利。

用小斗代替大斗付粮，是曹操为了节省粮食而强迫典仓吏王这样做的，这种做法虽然能解燃眉之急，但却会招致强烈不满，为了使自己能摆脱这种窘境，曹操采取了抓替罪羊的计谋，舍弃他人，保全自己，而典仓吏王则属被迫替代。

杀成济司马氏掩祸心

纵观历史上朝代的更迭，前朝的腐败固然是一个方面的原因，而篡权之人则必是一个擅用手段之人。比如在西晋代魏的过程中，司马昭就发挥了重大作用，他擅用计谋，为了篡权，不择手段。

公元260年，司马昭以大将军拜相国，封晋公，加九锡，独揽魏国朝政。是时魏高贵乡公曹髦为魏帝，他年龄虽小，但心有雄志，被朝臣誉为“才同陈思（曹植），武类太祖（曹操），”可是朝中上下，都是司马昭的心腹亲信，自己被紧紧控制，丝毫不能有所作为。上年正月，有人上报朝廷，说有黄龙两次出现在宁陵井中，以为祥瑞。可是曹髦心里清楚，龙象征着君德，现在上不在天，下不在田，却单单屈居于井中，怎能说是吉祥的兆头呢？他联想到自己类似傀儡的处境，不由地哀叹，随口吟了一首《潜龙诗》，自我解嘲。诗曰：“伤哉龙受困，不能跃深渊。上不飞天汉，下不见于田。蟠居于井底，鳅鳝舞其前。藏牙伏爪甲，嗟我亦同然。”曹髦把自己比作居身于井的飞龙，而被泥鳅、黄鳝之类的爬虫爪牙所欺侮，其意明显是指向司马昭，发泄心中怨恨。这首诗后来被司马昭阅得，他马上与谋臣贾充商量，贾充明确告诉司马昭：“一定要早早准备图谋曹髦。”司马昭点头同意，要贾充做好预备。

曹髦自景元元年五月（260年）加司马昭九锡之后，对司马昭包藏祸心的作为所为，愈来愈不能忍受。五月初七日，曹髦召侍中王沈、尚书王经、散骑常侍王业进宫密商。曹髦说：“司马昭篡魏的野心，是大街上行走的路人共知的。朕不能坐等被废黜的耻辱，今日，我同卿等一起商计共讨此贼的计策。”三人一听魏帝如此说话，大吃一惊。王经立即站起说：“古时候鲁昭公因为不能忍受季氏的专权，失败而逃，丢掉了国家，还

魏主政归司马氏

为天下人耻笑。当今魏国朝政大权，掌握在司马氏手中已很久，朝廷之上，四方之臣，都为司马昭效命。而且陛下宫中宿卫很少，宫门力弱，陛下凭借什么同司马昭相斗？如不三思而行，缓而图之，就如身患重病的人吃猛剂之药，疾病未除，反而病深，祸害更大了。”曹髦年少少谋，一时气盛，也不计后果，武断地说：“朕意已决，即使死，又有什么可怕，何况还未必谁生谁死呢？”说完从袖中扔出早已写好的黄绢诏书给三人，自己进内宫禀告太后。王沈、王业害怕司马昭的威势，魏帝一转身，他俩就跑到司马昭府中告密。王经不愿意卖身投靠，径自回府去了。

第二天，曹髦拔剑登辇，率领殿中宿中官僮数百人，杀向司马昭相府。司马昭接王沈，王业密报，早已令中护军贾充严密准备。魏帝领兵到南阙时，与贾充迎面相战，贾充所领兵士有千人，曹髦奋力冲杀，走在前面。众兵见魏帝冲来，赶紧后退，贾充的部下、被司马昭私封为太子舍人的成济急忙问贾充道：“事情紧急了，该怎么办？”贾充大声说道；“司马公蓄养了你们这么久，正是为了今天，今天的事还用问什么！”成济接贾充命令，连忙挥戈上前，一戈刺向曹髦胸口，曹髦挥剑抵挡不及，戈当胸穿过，立即丧命辇中，余下之人一看魏帝已死，一哄而散。司马昭坐在府中正在静等消息，接到手下报告曹髦已死，心中大喜。但他表面上却装出悲痛的样子，立即奔到朝殿，跪在地上痛哭。又命群臣人殿商议，独有尚书左仆射陈泰抗命不来，最后还是司马昭逼着陈的舅父荀觊请他来，陈泰才上朝。司马昭问陈泰："玄伯，今天你怎样对待我呢?"陈泰说："只有斩杀贾充，才能稍稍安慰天下人心"。司马昭不愿让他的重要心腹谋臣作替罪羊送死，就对陈泰说："你再想想其他。"陈泰说："我只想到这些，不知其他。"

司马昭见陈泰一定要杀贾充，自己心念一动，就把杀死曹髦的责任全部归罪于成济。立即令手下起草诏书，然后进宫逼郭太后下诏，诏书曰："魏帝曹髦性暴戾，造作丑逆不道之言诽谤太后，甚至鸩毒太后，伤害大将军。曹髦悖逆不道，自陷大祸，着废为庶人，以民礼安葬，使内外皆知此儿所作所为。"诏书一下，司马昭就要手下捕拿成济，成济心中不服，登屋拒捕，并将司马昭、贾充的幕后指使大声地全盘托出，结果被贾充令人放箭射杀。尚书王经，因为未同王沈等人主动告密，也被司马昭下令收捕，王经一家，连同白发老母一起被斩杀街市，行刑之日，满城之人都为其母子悲哀落泪。

五月二十六日，司马昭为进一步掩饰自己杀君之罪，又上殿向太后奏告，他说："前次高贵乡公驾车率兵，拔刀鸣鼓冲向臣的住所，我害怕兵刃相接，伤及公身，立即敕令手下将士不得有所伤害，违令者以军法处置。但是骑督成倅的弟弟太子舍子成济冲出兵阵，击伤高贵乡公且致公死去。此次变故发生后，臣实想委身去死，以守君臣之节。但高贵乡公此次谋变，上危皇太后，倾覆宗庙。臣忝为相国，义在安国定邦，早已三令五申，但成济妄入兵阵，造事生变，为臣哀怛痛恨，五内摧裂。成济违国乱纪，罪不容诛，请收捕成济家属族人，交付廷尉处置，"郭太后明白，一世不过是司马昭幕后导演，但畏惧司马氏在朝廷的威势，只得允准。于是成济一家三族之内，全被诛杀弃市。司马昭又建议，立燕王曹宇子之，年仅 15 岁的常道乡公曹奂为帝，即魏元帝。

司马昭为了掩饰代魏之心不惜杀死成济三族，其阴险毒辣可见一斑。他虽然用"李代桃僵"之计掩饰其祸心，但欲盖弥彰，司马昭之心，谁人不知呢?

长沙大火

抗日战争期间，日军于 1938 年 10 月攻占了湖北武汉，形势对于国民党湖南省政府来说相当严峻，因为日军的进攻已迫在眉睫。由于情报有误，国民党误以为日军已占领了距长沙城仅几公里之遥的新墙河。慌乱之中，便下令实行“焦土抗战”，放火焚长沙城。就这样，从1938年11月12日到14日期间，长沙城陷入一片火海，有三万多居民被大火烧死，据说当时消防队水龙里喷出的不是水竟是汽油！

但是日军根本就没有出现。仔细调查后，才发现军事情报中的地点搞错了，原来报告中说的新墙河实际上是距长沙几十公里以外的新河。

事件一出，这场骇人听闻的惨祸引起社会的巨大反响。国民党湖南省政府的高级官员乃至最高当局都有不可推卸的重大责任。为此，国民党当局为了逃脱责任，便玩弄了“李代桃僵”的把戏，他们把长沙大火的罪责归咎于长沙警备司令酆悌、警察局长文重孚以及警备第二团团长徐昆，并枪毙了这三个人，一方面可以杀人灭口，另一方面也可以把全国人民对国民党的仇恨全集中到这三只替罪羊身上。在这里，长沙警备司令酆梯等三人成了“李树”，被迫为国民党政府这棵“桃树”代僵。

黑海舰队自沉始末

1918年初，帝国主义为了扼杀新生的社会主义国家，联手向前苏联发动了武装干涉。德国、奥匈帝国等国的军队大举东进，很快攻占了前苏联的大片土地。4月25日，德军侵占克里米亚半岛，将准备反击德军入侵的前苏联黑海舰队团团包围在塞瓦斯托波尔港内。几天后，黑海舰队冒险突围，但德军占领了港口的制高点，以密集的火力向前苏联战舰射击，苏军除两艘战舰侥幸逃脱外，其余的战舰又被迫退回港内。

5月上旬，黑海舰队不得不转移到塞瓦斯托波尔港内侧的一个小军港里。这个小军港不能满足70多艘战舰的给养供应。不久，黑海舰队的给养完全断绝，2000多名官兵身陷绝境。由于前苏联全线吃紧，无法派出军事力量救黑海舰队于危难之中。6月11日，气势汹汹的德军下达最后通牒，要求黑海舰队全部投降，否则将发动毁灭性的攻击。

列宁召集前苏联政府的高级领导人紧急磋商，制定对策。有人主张：黑海舰队应就地坚守，与德军决一死战。列宁则认为，英勇善战的黑海舰队官兵是前苏联的珍贵财富。在目前形势下，如果与敌人硬拼，结果必然是舰队官兵全部捐躯，战舰成为德军的战利品。与其这样，不如保存舰队的广大官兵，不做无谓的牺牲。宁可毁掉黑海舰队的战舰，也不能让它们落入敌手，成为敌人攻击前苏联的武器。在列宁的坚决主张之下，前苏联政府做出了大胆的决定：黑海舰队全部自沉。

6月18日，黑海舰队2000多名官兵轻装巧妙脱险，在离开以前，他们炸毁了战舰，黑海舰队70多艘战舰全部自毁沉没。德军发动进攻后，只看到了黑海舰队官兵遗弃在岸上的少量物资设备，连一艘可以使用的舰船也没有找到。

黑海舰队忍痛自沉固然十分可惜，但如果这些战舰一旦落入德军手中那危害则会更大。在严峻的形势面前前苏联领导人做出了果断的决定，以小的代价避免了更大的损失，这可算是“李代桃僵”这一计的运用范例。

丘吉尔忍痛护机密

1940年11月，英国情报机构用“超级机密”密码机破译了德军的密码，获取了德国人要轰炸考文垂市的情报。英国首相丘吉尔接到这一情报后，立即召集会议讨论对策。当时，英国政府如果马上对考文垂采取特殊的防御措施，德国人就会知道他们的密码被译破，从而更换一种新的密码系统。于是，丘吉尔决定不对考文垂发出预告，甚至不先撤退老弱病残人员。结果，德国人按时轰炸，考文垂变成一片火海，人员死伤不计其数。

丘吉尔之所以忍痛这样做，就是为了保护“超级机密”密码。由于保住了密码，在以后保卫英伦三岛的长期作战中，密码情报对战争全局的作用远远超出了一个考文垂，仅阿拉曼之战，德军就损失了近 6 万人和 500 辆坦克。据说，英国能够经得住德国的猛烈进攻，就是由于“超级”情报的原因。丘吉尔后来在《大战回忆录》一书中曾称“超级情报为最可靠的情报来源”。

朱棣计安土司

“李代桃僵”做为一种计谋素来为历史上的统治者运用，明成祖朱棣就曾巧妙地运用此计。明朝永乐年间，明政府派到贵州去驻守的都督马烨利用职权残暴对待少数民族，激起少数民族的强烈反抗。彝族女土司奢香率人到京城告状。明成祖听其泣诉，以同情的口吻说："马烨身为朝廷命官，为乱扰民，罪该万死。但我为你除了马烨，你们以什么报答我呢?"奢香见成祖答应斩杀仇人，立即上前再三叩头致谢，并说："蒙皇上明察，小民衔恩心怀，由此以后，彝人保证世世代代再不敢犯上作乱。"成祖笑道："百姓安心守业，谨守君臣之道，尊奉朝廷，这是你们的本分。怎能以此作为报答呢?"奢香见成祖如此强傲，不敢推脱诿事，只好说："贵州东北有一通向巴蜀小道，皇上为我们报仇雪恨，我们愿开通此路，方便官府驿使驰往，以报答圣上慈恩。"

奢香辞谢成祖，即日回程，组织彝汉边民重新修通由云贵至四川的山路。马烨不久被成祖召回京都，借口扰民勒索，致乱国家，被公开斩首示众。马烨被杀之后，明成祖对左右说："马烨都督贵州，为朝廷尽忠守边，卓有功勋，但如果不斩，贵州一方无以为安。"

我们从以上事实可以明白，明成祖为安定贵州土著，以国家边关的安宁为大局，明知都督马烨忠心朝廷，但在土司奢香上京诉告，当地土著衔恨马烨将近起兵情况下，不惜以牺牲手下，换来土司奢香答应安民息乱，出力打通通蜀小道。这样既平息了边乱，又加强了中央政府对边关的控制，双重目的皆得以实现。

其实，这正是表现了李代桃僵之计的精华，即以小部、局部之失，换得大局全胜。

岳钟琪兵不血刃平叛军

岳钟琪是将门之子。他父亲岳升龙曾任四川提督。他自幼习读兵书，武艺过人。

岳钟琪随康熙皇帝14子允绪征讨西藏叛乱。岳钟琪率领四千人马先到察木多。岳钟琪通过密探得知，此地各部落都已经叛乱，准噶尔叛军已派重兵驻扎三巴桥。

三巴桥是进藏的第一个要隘。叛军一旦要毁了桥，清军入关就比登天还难。

在大将军允绪所率领的清军大队人马，尚在千里之外时，岳钟琪只有几千人马在此。死拼硬打是不行的。于是他提出了“李代桃僵”的装敌计。

岳钟琪亲自在军营中挑选了30名精兵，练习藏语，身穿藏服，扮成藏兵。一切准备停当，他亲自率兵，快马加鞭地向准噶尔使者的驻地洛隆疾驰而去。由于装扮得逼真，这支奇兵顺利通过了叛军的哨卡，潜入了使者的住处，一举将准噶尔叛军使者擒获。

岳钟琪历数准噶尔首领的叛国罪行，下令将使者斩首，并派人把叛将使者的人头送到叛将那里。警告他们，如果投降，既往不咎；如果顽抗，也是同等下场。那叛将头目，一个个吓得目瞪口呆，以为神兵自天而降，纷纷表示愿意归顺。

岳钟琪成功地运用了“李代桃僵”的奇谋，不仅保住了进军西藏的咽喉要道三巴桥，而且兵不血刃地使叛军降服了，可谓出奇制胜。

杜勒斯的建议

美国国会通过限制经济垄断的反托拉斯法后，许多大企业被解散。当时在美国数一数二的大企业洛克菲勒财团下属的美孚石油公司自然也被起诉。但是经过公司的上下努力，打通了政界的司法界。案子未能成立。美孚石油公司得以继续经营。

由于美孚石油公司的名声太大，所以一直倍受人们瞩目。洛克菲勒的对手对美孚石油公司侥幸未被解散十分嫉妒，一直耿耿于怀，不断制造各种不利于洛克菲勒的舆论，并通过国会、舆论界、司法界向洛克菲勒施加压力。美孚石油公司在这种情况下，顽强经营了 20 年后，美国国会迫于舆论的压力，终于又一次对美孚石油公司提出起诉。这一次，洛克菲勒也觉得在劫难逃了，面临巨大的经济损失，洛克菲勒整天闷闷不乐，无精打采，他多次召开了董事会研究对策，又利用各种关系进行疏通，都没有什么好的解决办法。

碧眼儿坐领江东

正当洛克菲勒进退无路，准备听从国会发落时，美孚石油御用的法律事务所里有一个叫杜勒斯的青年律师提出要见洛克菲勒。洛克菲勒因为心情不好，本不想见，但出于礼貌还是抽空和杜勒斯见了一面。

一见面杜勒斯就说："我有一个绝妙的办法可以挽救公司。"

洛克菲勒一看是个年轻律师，开始并没有放在心上，但看着这个年轻人一副自信的样子，又不忍心泼冷水，于是就心不在焉地说："你有什么好办法说来听听吧！"

杜勒斯说："反托拉斯法不过是限制大公司，我们让各分公司独立经营不就可以了吗？"

洛克菲勒一听有些道理，接着反问："各分公司都独立，我们怎么办，这不等于架空我了吗？"

杜勒斯笑了笑，心想，老洛克菲勒也是聪明一世，糊涂一时。他不紧不慢地说："各分公司宣布独立，丝毫不影响您的权力，不过是改头换面而已，公司不会有什么损失，损失的恐怕就是您的总裁名分。"喝了一口水，杜勒斯接着说："我们把各州的石油公司分别改为分公司，如纽约美孚石油公司、新泽西美孚石油公司、加利弗尼亚美孚石油公司、印地安纳美孚石油公司等等，这些公司分别都有一个名义老板，实际上还是由你操纵。这样一来，美国美孚石油公司虽然名义上已经不存在了，实际上仍然存在。我认为，现在只能采取这种丢名保实的办法才能渡过难关。"

洛克菲勒边听边点头称是，连连称赞："OK！OK：后生可畏，后生可畏。"

主意一定，立即行动，洛克菲勒马上召开董事会，采纳杜勒斯的建议，开始把各分公司进行"独立"。美国人办事效率是有名的，洛克菲勒亲自带领得力手下昼夜工作，替各公司订立独立的帐目，供参议院审查，不到一周时间，一个庞大的美国美孚石油公司便不复存在，取而代之的是眨眼间如雨后春笋般冒出的各州美孚石油公司。这一下，参议院也无话可说了，不久就再也不提起诉的事了。

杜勒斯的改头换面术，实际上是一种牺牲表面名分，保全实际内容的做法。在商业竞争中，难免遇到各种挫折，当必须做出部分牺牲时，一定要把握住利弊关系，不要被表面问题所困惑，而要积极争取主动，牺牲表面的东西，保存实质。

南北特产食品一热抵三鲜

“七分包装三分质量”是人们对糕点食品的传统评价，现在这一概念已在动摇——食品行业中追求新鲜、卫生已成为一种时尚。近年来，湖南省长沙市一批副食、饮食店先后在店内开设烤炉，现烤现卖面包、蛋糕等食品，迎合了消费者的心理。

对此，长沙食品厂厂长说：我们自从试行在店内现烤现卖黄蛋糕，销势一直很旺盛，平均每天销千把块钱食品，比过去高好几倍。而同样的原料和制作工艺，过去在车间里制作再拿到柜台上卖，一天只能卖几十斤……

南北特产食品大楼经理说：我们从去年7月开始，在店内烘烤蛋糕、面包，往年这个时候是蛋糕销售淡季，甚至要停产，而烤炉一搬到店内，就出现了奇迹，赤日炎炎，也出现了排队买蛋糕的盛况。直到现在，经历了夏、秋、冬、春，盛况依旧，日销额一直保持1000元以上。

在同利长食品店烤机旁，当一位女顾客观看了两位工人拌料、进炉、成型的全过程后，感慨他说：“这样的蛋糕货真价实，买几斤，值！”

长沙市食品店“现场办公”生产糕点，受到广大消费者的欢迎。究其原因，在改变生产方式的背后是实实在在地提高了食品的质量。“一热抵三鲜”，这句话一语中的，此招妙就妙在一个“热”字，这就是糕点高质量的标志。长沙食品行业实行“现烤现卖”，收到良效，但并非鼓励所有的食品厂都上大街生产食品，而是要说明这样一个问题：不同行业有各自特点，提高产品质量要根据本行业的特点才能收到效果，否则东施效颦只能适得其反。

风靡全美的“椰菜娃娃”

80年代，一种需要办理领养手续的玩具娃娃风靡全美。

心理学家认为，这种玩具有助于培养儿童的爱心和责任感；

玩具专家认为，这种玩具代表着欧美玩具业的发展趋势；

营销学家认为，这种玩具促销成功证明，“创造市场”的时代已来临。

椰菜娃娃是美国克莱克公司制造并推出的一种以领养方式出售的布娃娃，它不像其他布娃娃那样被摆在货架上，而是放在小小的婴儿床上，随身还有出生证明，上面写着姓名、性别、出生年月、地点。有心“领养”的小朋友们先要办好手续，才能将自己的孩子抱回家中。1983年，它刚投放市场，就赢得了广大消费者的青睐，在不到6个月的时间里，这种娃娃一下子销售了300万个，它已成为美国家喻户晓的人物，成为连环画、漫画的主角，甚至成为“爱”和“成功”的代名词。

椰菜娃娃的促销活动之所以取得如此大的成功，一方面因为克莱克公司的公共关系人员通过深入的调查研究，了解了公众心理，掌握了市场动态，从而以‘李代桃僵’的形式，使宣传工作深入人心，一举中的；同时也因为该公司善于利用新闻媒介扩大影响，在整个促销活动中，克莱克公司向各大电讯网、报道及图片辛迪加发送的文字和图片报道50余篇，通过电视网播放的有关椰菜娃娃的电视节目50多个，从而达到了促销的目的。

古都奈良巧留客

日本的古都奈良，偎于青山环抱之中，这里既有金碧辉煌的石迹名胜；又有小白长红、迎春摇曳的樱花，加之现代化的娱乐设施与世界上的一流饭店，周到殷勤的服务，使每年春夏两季的各国游客接踵而至。4月以后，燕子又争相飞来，纷纷在宾馆饭店筑巢栖息，繁衍后代，它给奈良凭添了一种温馨怡人的自然景观。好客的店主人和服务员小姐，很乐意为小燕子提供营巢的方便。

可是，招人喜爱的小燕子却有个随便排泄的毛病，刚出壳的雏燕更是把粪便溅在明净的玻璃窗上、雅洁的走廊里。旅店的服务员小姐尽管不停地擦洗，但燕子们的我行我素总使旅店留下污渍。这使游客非常扫兴，服务员小姐也开始抱怨了，宾馆饭店的经理们锁紧了眉头。他们知道，要想彻底清除小燕子的粪便污渍只有两个办法，一是增添员工，二是赶走小燕子。但试过之后都行不通，小燕子的粪便污渍有碍观瞻，这成了奈良旅游业发展的一大难题，已经影响到了整个景区的繁盛。

有一天，奈良饭店的经理在接待台湾的一个旅行团时，偶而听到了一个中国的成语“李代桃僵”。请教之后才知道大意是代人受过，他马上想起了无法对付的小燕子的粪便污渍，不由心中一亮，为什么不能让小燕子代本店受过呢？于是，他绞尽脑汁，以小燕子的名义拟了一则奇特的启示：

女士们、先生们：

我们是刚从南方赶到这儿来陪伴你们过春天的小燕子，没有征得主人的同意，在这儿筑了窝，还要生儿育女。我们的小宝贝年幼无知很不懂事，我们的习惯也很不好，常常弄脏你们的玻璃和走廊，使你们不愉快，我们很过意不去，请女士、先生们多多原谅。

还有一件事恳求女士们和先生们，请你们千万不要埋怨服务员小姐，她们是很辛苦的，只是擦不胜擦，这完全是我们的过错，请你们稍等一会儿。她们就来。

你们的朋友　小燕子

小燕子这天真烂漫的道歉，把寻找欢乐的游客们逗得前仰后合，他们肚子里的那股怨气也在笑声中悄然散去。每当他们再看到窗上、走廊里的点滴粪便污渍，就会自然而然地想起小燕子那亲昵风趣的话语，又会忍俊不住地笑起来。

其实，大凡旅游者都有一个心理特点，就是一旦获得愉悦的感受，便会很快淡忘旅行中的些小不快，奈良饭店经理的妙方，正是抓住了旅游者的心理特征，巧妙地化解了他们的不满情绪，使他们带着美好的回忆，告别了迷人的古都奈良。

眼镜店被逼上“梁山”

服务质量是与每个人都息息相关的话题，不仅如此，它还像一把尺子，既能衡量社会文明发展的进度，也能显示一个企业的兴衰。

位于河南省郑州市闹区的郑州市钟表眼镜批零商店，是全国八大眼镜专业店之一，过去一直垄断着郑州市及周围地区的眼镜销售市场。

当这家批零商店还在自得其乐吃老本的时候，它的周围先后冒出了 17 家个体眼镜店铺和不少地摊，有的干脆堵住了批零店的门口。这些“小老板”进店转一圈，出门就把自己摊上同样的眼镜标价降低了“块八毛”，他们打出的“配镜迅速，立等可取”的幌子也很奏效。就这样，这些个体经营者凭着其本小灵活、嘴甜货廉的优势同时堵住了郑州市钟表眼镜批零店的财路。

一向自居老大的郑州市钟表眼镜批零商店，面对“围攻”冷静地对市场进行了调查分析，并根据自己的优势，制订了“扬长避短、强化服务”的战略。

个体户的优势是进退自如，作价灵活，但他们一般缺乏过得硬的技术，配镜质量无保证，也无力造成经营上的声势。针对这些情况，该店制订和实施了如下的策略：

为了避开个体户定价灵活的优势，针对购买低档眼镜的顾客比较偏重眼镜的价格；购买中、高档眼镜的顾客比较偏重眼镜的质量、款式，他们缩减了低档眼镜的销售量，增加了中、高档眼镜的花色、品种。

针对一般顾客不大懂得配镜的技术要求，他们在报纸、电台上层开了宣传攻势。一是宣传配镜的基本知识，使顾客了解到配镜不合适将给眼睛造成的损害；二是宣传本企业的信誉及提供的优质服务。

在广为宣传的基础上，他们开展了“儿童眼镜百日服务”的活动。儿童配镜减价一半，免费验光，并聘请了三位眼科专家全天候诊，为儿童提供免费配镜咨询，保证儿童配上适宜的眼镜。此外，他们还专门购置了5辆摩托车，为儿童把配好的眼镜送至家门或学校，大大方便了顾客。这一具有远见的活动，既起到了扩大知名度、提高销售量的效果，同时还培养了一大批未来的顾客。

在优质服务上，他们做到了不遗余力。他们常常接到外省市顾客的来信要求订购眼镜，在满足顾客需求之后，他们想到书信来往太耽误时间，为此专设了专线电话，随时有人答复顾客的咨询并增加了代为订购业务。优质服务，带来了郑州市钟表眼镜批零商店的复苏。优质服务就是舍去局部利益的损失，以换取全局的胜利。

大甩卖的启示

我们在报纸和电视中经常可以看到某某商店或某种商品大减价或大拍卖的消息。例如，有一次在奥地利维也纳的一份报纸上刊登了一则折椅大拍卖的消息，每把折椅降价50％，而且买三送一，三天内销完为止，拍卖的原因是：这种商品生产比较多，开始时销路还比较好，但由于没有在市场饱和前及时停止生产和进货，因此形成了大量积压，而此时新型号的折椅又即将出现在市场上，如果不及时对这批折椅作出及时处理，势必造成更大的经济损失，因为一旦新式折椅出现后，老式折椅即使大减价恐怕也卖不出去。那么，降价这么多，又是买三送一，会不会赔本呢？其实根本用不着担心，因为大部分商品早已销售出去了，成本已经赚回来了，至于买三送一，那不过是一种推销艺术，归根结底，羊毛出在羊身上，因此，商店根本不会赔本，而只会照赚不误，如果不这么处理，货物放在仓库里，不仅大量占用资金而且还要付出巨额的仓储费，那才是真正的得不偿失的作法。

战官渡本初败绩

在商品销售中采用这种方法是很痛苦的，因为作生意的人往往将自己手中的产品看成宝贝，舍不得减价卖出去，总想使每一件商品都能赚钱，其实那是不可能的。即使你经营的是紧俏商品，也会由于消费者对商品不同规格样式要求的不一，或是其他的原因，卖的商品一定会有剩余，如果总守住原价钱不肯降价，也不讲究卖便宜货的经营艺术，势必造成货物积压，影响新产品的销售，使销售的路子越走越窄。因此，这就需要企业经营者采取明智的措施——“李代桃僵”之计。

电影娱乐业中的谋略

朱克尔是一个匈牙利犹太移民，抵达美国时，只有缝在外衣衬里的奶美元。

起初，朱克尔以推销皮货谋生，后生意逐渐做大了，便抽出 20 万美元的资金，投入到当时已开始实际拍摄电影的廉价游乐场。这时，他遇到了出身农民，也是靠皮货起家的洛伊。

在第一次世界大战结束时，朱克尔和洛伊两个合伙买了西洋镜和廉价游乐场，由于两人意见分歧较大，不久就分道扬镳了。然而，虽然两人对电影的认识截然相反，所走的道路也正好相反，但最终却又走向了同一目标。

散伙后，朱克尔守着自己的廉价游乐场，继续搞游乐项目，后来组建了“著名演员公司”，并最终接管了派拉蒙影片公司。由于朱克尔很早就拥有了电影院的控制权，所以才能保证影片伪销路。于是，他发行了1000万美元的股票将自己的电影院扩展成连锁电影院。

洛伊所走的道路正好与朱克尔相反。他先控制了一系列连锁电影院，后来为保证自己的影院有足够的影片吸引观众，又转向制片。在他的撮合下，三家犹太人的电影制片公司：米特罗影片公司、高德温影片公司和梅耶影片公司合并，建立了以该三家公司第一个字母合在一起为名的——米高梅影片公司。

朱克尔和洛伊这种把电影制片与放映电影的剧院联系在一起的做法，实际上也是实现了电影产代销一体化，使电影的制作完成后直接走入市场。

肖邦的成名

肖邦是大家非常熟悉的著名音乐家。但他的成名，却离不开钢琴之王、匈牙利的音乐家李斯特的热心帮助。

波兰的著名钢琴家肖邦1831年流亡巴黎时，他的音乐才华还不为世人所识，就如同被埋在淤泥之中的紫金盆一样，可以说是一个默默无闻的小民。在巴黎，他结识了早已名噪欧洲的匈牙利的钢琴家李斯特。这位钢琴之王对肖邦的音乐才华非常赏识，为了使肖邦被人们认识，李斯特煞费苦心，做了这样的安排：一次音乐会演出时，李斯特先坐到钢琴前，当剧场灯光熄灭之后，这位钢琴之王就运用李代桃僵的手法，自己退到台下，而让肖邦代替他演奏。肖邦的演奏相当成功，他的高超技艺博得全场暴风雨般的掌声。正在这时，灯光复明，此刻人们惊奇地发现坐在钢琴前的不是李斯特，而是陌生人肖邦。就这样，李斯特运用“李代桃僵”的计谋，使肖邦在音乐的艺术殿堂里获得了应有的位置。肖邦的成名，李斯特帮了大忙。

林泉改练南拳获成功

电影《武当》中为父报仇，为国扬威的侠女陈雪娇的扮演者，广东武术队运动员林泉，自幼喜爱武术，十一岁，踏进了二沙头武术馆。林泉在梁教练精心培养下，飞速成长。79年夏，在上海全国武术邀请赛的决赛上，这位南方少女，击败了众多的北国英豪，一举登上了全国长拳冠军的宝座！

正当林泉要一飞冲天时，却发生了意外，姑娘的右膝受了重伤，确诊为半月板损伤伴随韧带撕裂。林泉的右膝关节又红又肿，整条腿象灌了铅，既不能抬起，也无法弯曲。多年的心血，为之奋斗的理想，就断送在这条腿上了吗？经过半年的气功治疗，严重的腿伤，竟奇迹般的痊愈了。

然而，腿虽好了，但原来的武功却无法恢复，在81年福州举行的全国武术比赛上，这位79年的长拳冠军，竟连复赛资格也未能取得。

失败是令人痛苦的，但是，林泉经过苦苦思索，忽然眼前一亮，脑子闪现出一个念头，她决定提出一个令她的武术队全队都吃惊的请求：在离烟台大赛只有一个月的时间里，她要求攻南拳！因为长拳的关键在跳跃，而南拳的腾跃动作少，正好避开她的腿部存在的不足，而发挥她原来已有的特长，于是她便转入南拳的训练，争分夺秒，迅猛向南拳顶峰攀登。这一改变，正好是以己之长，代替了自己之短，即所谓李代桃僵。在有全国前十名的队伍参加的烟台全国武术邀请赛上，林泉力克群雄，一举夺取了南拳亚军，并在这次邀请赛上，林泉被长春电影制片厂导演孙河看中，特邀她参加影片《武当》的排演，并且演主角。

纪信假扮刘邦

这是紧接《逼走亚父》展开的故事。公元前 204 年，楚王项羽把汉王刘邦围困在荥阳（今河南荥阳东北）。五月，楚军攻打荥阳城。城中粮尽兵缺，刘邦眼看就要被活捉，情况万分危急。将军纪信对刘邦说："事情太急迫了，我请求用欺骗手段诳骗楚军，大王您可以乘机逃出城去。"刘邦同意这样做。

纪信先用假话欺骗城外楚军，散布说，荥阳城里粮食吃光了，汉王出来投降了。楚军听到后信以为真，准备接纳刘邦出降。

夜里，陈平派出两千多名妇女和儿童冒充汉军，从东门冲了出来。楚军立刻从四面围攻过来。这时，纪信化装成刘邦，坐在刘邦的王车里。只见车子上方张着刘邦的黄色伞盖，左方树起刘邦的仪仗大旗，随着人马从城里出来了。楚军看到王车，以为刘邦和士兵真的出来投降了，都前来观看。刘邦趁此机会带着几十人马从城西门偷偷逃跑了。

项羽走近王车，接纳刘邦投降，一看，原来是纪信，这才知道受了骗。项羽问："汉王在哪里？"纪信说："已经出西门逃走了。"项羽听了，大怒，把纪信活活烧死了。刘邦得以起死回生，卷土重来。否则，楚汉战争的历史就得改写了。

第十二计　顺手牵羊

【原文】

微隙在所必乘，微利在所必得。少阴，少阳[①]。

【注释】

①少阴，少阳：刘基在《灵棋经后序》中说，《易经》“四象”中的老阴与太阳是相反相成的关系，“老阴与太阳为敌”；少阴与少阳是相辅相成的关系，“少与少为耦”，“得耦而悦”，但“或失其道，而耦反为仇”。这里是用少阴、少阳的关系说明，在战场上乘微隙、得小利与夺取大的胜利是相辅相成的，不要因其小而不为。但亦要防止运用不当，使“耦反为仇”。

【译文】

发现微小的漏洞，也必须及时利用；发现微小的利益，也要力争获得。变敌方小的疏忽为我军小的利。

【按】大军动处，其隙甚多，乘间取利，不必以战。胜固可用，败亦可用。

【译文】

敌方的大部队行动起来，它的漏洞一定很多。抓紧机会，夺取胜利，不必使用过多的兵力或经过特大的战斗。这种战法，强者固然可以使用，而弱者同样也可运用。

【计名探源】

“快心真噬腊，覆手已牵羊”。（刘挚《忠肃集·梁宣明二帝陵》）

《礼记·曲礼上》有“效马效羊者右牵之”，汉·郑玄注：“用右手便。”清·顾张思《土风录·一二·顺手牵羊》说“伺便窃取曰顺手牵羊。按《曲礼》‘效羊者右牵之’。俗呼右手曰顺手，取顺便之意。

【评语】

“顺手牵羊”的原意是比喻凭借便利的条件捎带取来，毫不费力气。《古今杂剧》关汉卿《单鞭夺棚》二：“我也不听他说，被我把右手带住他马，左手揪着他眼睫毛，顺手牵羊一般拈了他来了。”此处比喻乘机行窃。清代顾张思《土风录》十二《顺手牵羊》：“伺便窃取曰顺手牵羊。按《曲礼》：‘效羊者右牵之’。俗呼右手为顺手，取顺便之意。”用在军事上，则是指：看准敌在移动中出现的漏洞，抓住薄弱点，乘虚而入获取胜利的计谋。当然，小利是否应当必得，要考虑全局利益，只要不会“因小失大”，小胜的机会也不应该放过，因为积小胜可以为大胜。

古人认为，敌方大军运动起来，它的漏洞一定很多。乘此时机，夺取胜利，可以不必使用过多的兵力或经过大的战斗。这种计谋，强者固然可以使用，而弱者同样可以运用。

【战例】

崔杼计除淫贼

春秋时代齐国大夫崔杼，为迎立庄公有功，被封为上卿，执掌国政。庄公经常到他府上饮酒作乐。

一天，庄公饮了两杯酒，见崔杼因事外出，乘机把崔杼的继室棠姜诱奸了。以后暗往明来，经常不断。此事渐被崔杼发觉，先不声张，就先责问妻子，棠姜供认不讳，并且说：“庄公身为国王，他恃势威胁，我是一个女流之辈有什么力量抗拒他呢？”

崔杼愤怒地说："你无能力抗拒他，也应该及早告诉我呀！"

棠姜很懊悔地叹了一口气："唉！"接着又很悲伤地说："我知道这件事做错了，但既已成为事实，说出来又有什么用呢？若告诉你，你肯定会发火的，万一被他知道了，必先向你下毒手，唉！错就错在当初不该把他引上门来。

崔杼愤怒了一阵，想了一想，也感到无可奈何，于是又冷冷地说："也罢，事到如今，我也怪不得你，只怪我自己引狼入室。"说罢长叹一声！

劫乌巢孟德烧粮

从此以后，崔杼严加防范，不使棠姜与庄公有接近的机会，并暗地里要谋害庄公。

庄公有一位内臣叫贾竖，因一点小过失就被庄公罚打了一百皮鞭，心常忿詈，不时口出怨言。崔杼知道了，便以重金去收买他，央他做了内线，随地报告庄公的一举一动。

不久，莒国黎比公来齐朝见，庄公大喜，特在北郊设宴招待。崔杼的府第也正在北郊。

崔杼得知这个消息，已想到庄公的用意了，便诈病起来，不去陪宴，一面派心腹去贾竖处探消息，贾竖回报说庄公在宴散后要去探崔杼相国的病。

“嘿！他哪会关心到我？关心我的老婆是真。”崔杼冷笑一声，喃喃自语说。

然后他又立即对棠姜说：“今晚要解决那个昏君淫王，你一定要按我的话去做！事成，立你为正室，你的儿子亚明为继承人，不扬你的丑。不然的话，我先宰了你。”

“妇人家是从夫的，何况这样也可以替我报仇，只要你教我怎样便怎样！”

“好！”崔杼在她耳边教她如何如何，这般这般。

跟着动员家族兵丁埋伏在室门内外，再派心腹通知贾竖，需要如此恁般，安排好香饵，等候金鱼上钩。

庄公是一心想着棠姜的，今见崔杼患病，正中下怀，匆匆地开罢宴会，即命驾到崔府来。

“相国的病怎样了?”庄公一入门就这样问。

“启禀我王，相国的病非常严重，现在刚吃过药，蒙头睡觉!”守门的这般说。

“睡在什么地方?”庄公再问。

“睡在东边的外厅!”

庄公大喜，迳直向西厢的内室走去。他的四位保镖也想跟进去，却被贾竖挡住，他说:“你们都是电灯胆，不通气。主上的事，你们敢知道的啦!还是在外厅等候吧!”

大家相信他的话，便停留在门外，只有贾竖一人跟进去，门也随即关了起来。

进了内室，棠姜出来迎接，她此时打扮得格外漂亮，庄公一见，便如饿虎擒羊一样，想把她搂过来。可是，有侍婢出来，告诉棠姜，说相国嚷着口渴，请夫人调蜜汤送过去。棠姜借机抽身。

一会儿，伏兵突然挥剑呐喊，这才把他吓醒，情知有变，急趋后门逃避，但门已下锁。庄公力大，把门踢开，走上小楼里，伏兵把楼团团围住，声声只叫:“奉相国之命，捉拿淫贼!”

庄公见无法突围，乃凭窗对甲兵说:“我是国王，你们不得无礼。”

“什么国王不国王，我们奉相国命令，只知是捉拿淫贼！”甲兵又鼓噪起来。

“崔相国何在？我要跟他当面说话！”

“相国有病不能来！”

庄公见此情形，知已无转回余地，黯然当众请求：“我知道你们一定是要我的命，但可否让我回去到太庙里自尽呢？”差不多哭出声来。

还是即时自己解决吧，省得受辱！”

庄公突然从窗口跳出来，想爬墙走，一支冷箭射过去，伤了左脚，从墙上坠下。

甲士一齐拥上去，把庄公剁成肉酱。保镖的四位勇士，也在前厅被伏兵杀死。

齐庄公被崔杼顺手牵羊除掉了，但这是他咎由自取，谁让你看上人家的老婆呢，做了坏事得到报应是天经地义的事情！

昭奚的顺手牵羊计

公元前 354 年，魏惠王（前 369—前 319）打算进攻北面的赵国。他派遣庞涓率领一支精锐部队向赵国杀去。庞涓没费多大力气就杀到了赵国都城邯郸城下，并包围了邯郸。此时，赵国无力应战，只好派使者向实力雄厚的楚国求救。楚王对于要不要救赵犹豫不决。

于是，他召集谋士们商议。楚相昭奚反对出兵，认为应当听凭魏国攻打赵国，楚国可以等他们两败俱伤后，坐收渔人之利。

景舍反对昭奚的主张，提出以救赵为名来削弱赵魏的实力，并顺手牵羊，为楚国谋利的计划，受到楚王的赞赏。楚王任景舍为帅，带领一支人数不多的军队，打着救赵的旗号，跨越赵、楚之间的国界，进入赵国。赵国大将马上将楚国派救兵的消息通告守城官兵，但这一切都没能阻挡庞涓的进攻。围城七个月后，庞涓终于攻克了邯郸。这时，传来齐国派一支军队直趋魏国都城大梁的消息。庞涓得知这一情报后，马上从赵国撤兵回国。半路上，齐军“以逸待劳”，把庞涓率领的魏军打得大败。

魏国和赵国都在战争中受到重创。这对楚国是最好的机会。景舍正是抓住赵国向楚国求救的机会，派兵进入了赵国，而且在魏军撤退之后，不费吹灰之力便“顺手牵羊”。占领了部分赵国领土，胜利实现了昭奚的计谋。

郑和下西洋

历史上最精彩的“顺手牵羊”，莫如明朝的郑和下西洋。史书说这是明成祖的雄图大略，其实是“顺手牵羊”，无意中拾了金块。郑和之所以下西洋（即去南洋），目的纯粹为了搜捕逃亡皇帝建文，这废王原是明成祖的侄子，听说他已化装为僧逃到海外去了，因此便派太

李牧雁门纵牧图

监郑和追踪去捉，要斩草除根。郑和率领很多人到了南洋，不懂外交手腕，便和南洋的土皇帝冲突起来，大打特打，又碰上那边的部落是乌合之众，没有对外战争的经验，居然被他打到各小国都要投降臣服，因此史书便大书特书，盛称是明成祖的文功武略。这样的功略，实不敢恭维，试问在那时，要扬威海外，一定非派这个不讲人道的太监去督军不可吗？朝廷上没有一个文武官可胜任吗？就是进军征伐，也不会在海

运未发达的时候从水路进攻呀！岂不成陆路比不上飘洋过海安全？查实郑和是皇宫内侍，认得出建文帝的特征，派他去等于认人。这明明是一笔意外的政治交易，是一场集“混战、遭遇战、乌龙战”之大成者，和漂流孤岛的鲁宾逊当日能独霸一方的环境何异？幸而打了胜仗，不然的话，郑和这个人根本没人提。

这就是“顺手牵羊”的成功例子，其失败的当然还有很多。因是失败，历史就不可能再提，因为世人都“以成功论英雄”的，被时代所淘汰的人还有什么价值呢？所谓“人亡政息”，再为不幸人翻案的实在是自找麻烦。

华盛顿化敌为友

1754 年，美国独立以前，弗吉尼亚殖民地议会选举在亚历山大里亚举行。以后成为美国总统的乔治·华盛顿上校作为此地的驻军长官也参加了选举活动。

选举最后集中于两个候选人。大多数人都支持华盛顿推举的候选人。但有一名叫威廉·宾的人则坚决反对。为此，他同华盛顿发生了激烈的争吵。争吵中，华盛顿失言说了一句冒犯对方的话，这无异于火上浇油。宾怒不可遏，一拳把华盛顿打倒在地。

华盛顿的朋友们围了上来，高声叫喊要揍威廉·宾。驻守在亚历山大里亚的华盛顿的部下听说自己的司令官被辱，马上带枪开了过来，气氛十分紧张。

在这种情况下，只要华盛顿一声令下，威廉·宾就会被打成肉泥。然而华盛顿是一个头脑冷静的人，他只说了一句："这不关你们的事。"就这样，事态才没有扩大。

第二天，威廉·宾收到了华盛顿派人送来的一张便条，要他立即到当地一家小酒店去。威廉·宾马上意识到，这一定是华盛顿约他决斗。于是，富有骑士精神的宾毫不畏惧地拿了一把手枪，只身前往。

一路上，威廉·宾都在想如何对付身为上校的华盛顿。但当他到达那家小酒店时却大出意料之外：他见到了华盛顿的一张真诚的笑脸和一桌丰盛的酒菜。

"宾先生，"华盛顿热诚地说，"犯错误乃是人之常事，纠正错误则是件光荣的事。我相信我昨天是不对的，你在某种程度上也得到了满足。如果你认为到此可和解的话，那么请握住我的手，让我们交个朋友吧。"

宾被华盛顿的宽容感动了，忙把手伸给华盛顿："华盛顿先生，也请你原谅我昨天的鲁莽与无礼。"

从此以后，威廉·宾成为华盛顿坚定的拥护者。

奥德蒙公爵的发家史

19 世纪初，一个晴朗的夏日，一支强大的英国舰队突然出现在西班牙的加的斯港。这支舰队的作战企图是为了夺取这个港口，控制地中海的入口处。

指挥这支舰队的是大英帝国国王威廉三世派遣的奥德蒙公爵和乔治·鲁克爵士。这支庞大的舰队临近港口时，由于敌情不明，两个指挥员未敢冒然发动进攻。事实上，当地守军并没有太坚固的防御，如果英国舰队发动突然进攻，一举拿下港口，夺取制高点，就可轻而易举获胜。但是，舰队的两个指挥都是贵族出身，平时吃喝玩乐在行，打仗却没有多少计谋。

乔治爵士倒还有些主见，说："国王这次命你我远征，我们应该尽快解决战斗，突然占领港口，这样才能有立足之地。不然，舰队的水和食品用完了怎么办？"他主张立即进攻。

奥德蒙公爵说："我看还是稳点为好，我们远道而来，是为了占领这个港口，不是打一仗就走。如果冒然行动，导致全军覆没，国王一定会怪罪你我，割去爵位事小，丢了性命可就不值了。"

乔治爵士听这么一说，也觉得负不起责任，问：

“你说该怎么办?”

“命令水兵乘小船分批登陆，抢占摊头阵地，夺取要塞，逐步占领港口!”奥德蒙公爵主意十分坚定。

一声令下，士兵们纷纷跳上小船，向滩头发起冲击。开始十分顺利，基本没有遇到抵抗。英军以为当地守军被吓破了胆，不敢抗击了。

实际上英军的作战企图一开始就被西班牙人发现了，它们火速调集兵力，调整部署。但由于当地兵力不足，暂时没有进行大规模的抵抗。

英军进攻顺利，得意忘形，一路见人就杀，见东西就抢，连教堂也不放在眼里，纵火就烧。这种烧杀抢掠，亵渎神明的行为很快激起了当地民众的强烈反抗，老百姓纷纷起来用自制武器对付英军。英军陷入“人民战争的汪洋大海之中”。

奥德蒙公爵和乔治爵士作战指挥不力，缺乏统一计划，使得英军一遭到抵抗就乱了阵势。西班牙守军借机从容地加强了防卫。

战斗近一个月，英军发动多次进攻都没有拿下港口。眼看食品和淡水快用完了。奥德蒙公爵和乔治爵士非常沮丧。

“再打下去我们可支撑不住了，不如收兵回国吧!保存一点兵力也好向国王交代。”乔治爵士建议。

“只有这样了，让各舰清点人员和食品、淡水储备量，计划好每天的消耗，我们起程吧。”奥德蒙公爵最后下了决心。

舰队正准备掉头返航。两位指挥突然接到一份报告：“一批西班牙运宝船，刚停靠在离加的斯港不远的比戈湾。”

一听有运宝船，奥德蒙公爵和乔治爵士顿时来了精神。公爵说：“感谢万能的上帝，我们发财的机会来了，远洋出征这么长时间，一无所获，如果能抢了这批宝物，大家发财不说，回去在国王面前也好说话了。”

爵士接过话来说：“登陆作战我们没有经验，在海上攻击不一定不行，况且，对手是运送宝物的商船，没有什么防卫，这真是上帝赐给我们的报仇机会。”打败仗时候他们埋怨上帝，这个时候又都开始赞美了。

“目标比戈湾，全速前进！击沉宝船，人人有份！”这回奥德蒙公爵的命令充满自信。

水兵们在黄金宝物的刺激下，对比戈湾运宝船进行了疯狂的袭击，将所有船只尽数击沉、烧毁、俘获。同时劫得 100 万英磅。

回到国内，奥德蒙公爵和乔治爵士添油加醋向威廉三世报告一番顺手牵羊的“战况”，同时交出了部分抢到了的英磅。威廉高兴之下，不仅没有对他们两个治罪，还大大表扬了一番。

以色列顺手牵羊开疆拓界

1947年11月29日联合国大会通过巴勒斯坦分治计划，规定于1948年8月1日前结束英国在巴勒斯坦的委任统治，然后两个月内在巴勒斯坦境内分别成立阿拉伯国和犹太国。巴勒斯坦阿拉伯人不能容忍在巴勒斯坦土地上建立犹太国。犹太复国主义者决定利用联合国分治计划使其抢夺阿拉伯人的巴勒斯坦土地的行为合法化，进而顺手牵羊用武力手段扑灭阿拉伯人的反抗，建立和进一步扩大以色列国的版图，最大限度地满足其争夺巴勒斯坦土地的欲望。

1948年5月15日，英国提早结束在巴勒斯坦的委任统治。14日24时，犹太复国主义者便迫不及待地宣布以色列成立。5月15日阿拉伯国家采取了针锋相对的行动，第一次中东战争正式爆发。当时阿拉伯军队计约42000人，拥有飞机、大炮等装备；以色列军队约34000人，几乎没有什么重型武器装备。阿拉伯军队以优势兵力迫使以色列三面受敌节节败退。在国际社会的压力下，阿以双方于6月11日休战。以色列违背停火协议，加紧战争准备。阿拉伯国家却陷入严重分歧之中。7 月 9 日战争再起，以色列转守为攻，不断推进，新占约 1000 平方公里土地，直到联合国干预于 7 月 19 日实现第二次停火。此间以色列更是变本加厉地扩充军备，而阿拉伯国家内部矛盾进一步加剧。10 月中旬以色列再次撕毁停战协议，在南线发动“约夫”战役，击退埃及军队，控制了除法卢贾以及加沙地带之外的内格夫北部地区。10 月中旬以色列在北线发动“希拉姆”战役，击退阿拉伯解放军，占领整个加利利地区。随后又在南线发动“霍雷夫”战役，除一小块狭长的加沙地带以外，把埃及军队基本上全部赶出了巴勒斯坦。以色列取得战争主动权后，逐一迫使埃及、黎巴嫩和外约旦等国先后与之签订停战协定。

以色列在第一次中东战争中，除按照联合国分治协议占领了划给犹太人的 15，850 平方公里的巴勒斯坦土地外，还顺手牵羊，乘机向外扩张、抢夺了应划给阿拉伯人的 4，850 平方公里土地，顺利地实现了复国主义和扩张主义的战略意图。

海湾战争中的顺手牵羊

海湾战争中“顺手牵羊”之策被各国广为运用。

伊拉克吞并科威特即是一篇顺手牵羊之作。当时由于美苏缓和，双方特别是苏联从全球包括中东地区作了战略大收缩。中东为大国所控制的局面有所改观，使得伊拉克可以自作主张。东西方冷战结束，又导致西欧对美国依赖的减弱。伊拉克正是借此美国忙于插手欧洲事务、处理美欧矛盾无暇他顾且又掉以轻心之日举兵入侵科威特，将科威特这只“肥羊”乘乱牵走的。但从总体形势上看，伊拉克却牵错了时机，牵错了对象，结果赔了夫人又折兵。

三十六计之顺手牵羊

苏联过去一直是沙特等海湾君主国家提防并借助美国加以遏止的对象。海湾危机爆发后，沙特和巴林等国的安全受到伊拉克的威胁。苏联在海湾危机中反对伊拉克的侵略。沙、巴等国为了增加反伊联盟的力量，希望同苏联加强关系。苏联也企图利用这一机会在政治上重返中东，经济上得到海湾国家的财政援助，军事上牵制美国在海湾地区的扩张和影响，于是顺手牵羊与沙特和巴林两个海湾阿拉伯国家相继恢复和建立了外交关系。

美国是海湾战争中顺手牵得利益最多的国家。它在解放科威特的战争中“劳苦功高”，因此要价和报酬更是旁者所望尘莫及的。战争前夕，美国就同科威特签定了合同，捞走了科威特总额达 1000 亿美元重建项目中的 70%，此后又同科签定了一项 19 亿美元的经济合同，顺手向科威特狠狠地敲了一大笔。

百万富翁原是苦力

本世纪 30 年代初，陈茂榜先生进了一家书店打工，任店员兼送货员。他每天骑自行车送货跑很多地方，月薪只有 12 元。这家书店同时还兼营留声机、收音机。老板为了扩大业务，规定每人推销一台收音机可得佣金一元。陈茂榜先生想到自己送书的客户中有很多是富人，便在送书的同时捎带着推销起收音机。

由于陈茂榜先生勤奋老实，忠厚可靠，所以，客户中凡买收音机的都愿找他。每月他推销收音机的收入可达 20 多元，远远超过了他当店员的月薪，这在当时是一笔不小的收入。

陈茂榜先生“顺手牵羊”、“微利必得”，不但得到了额外佣金，而且也建立起了收音机和整个家电行业的销售渠道。于是，他下定决心从事家电经营。他以 100 元积蓄为资本，白手起家，很快创下了 10 万元的家业。

1956 年，他设立了东兴电器公司，后该公司又合并改称为声宝电器公司。现在，该公司在台湾岛内已拥有 4 家大工厂、5 家大公司、70 家服务站、500 余家经销商店。到 1983 年，其总资产已达 119 亿元台币。

陈茂榜先生从卖苦力当富翁，“顺手牵羊”，“微利必得”，最后发展到从事家电经营，创下万贯家资。其成功的经验，难道不能给我们更多的启迪么？

顺手牵到的财神

在日常生活中，及时地捕捉一闪而过的灵感，采取切实可行的经营措施，从而转化为谋取商业成功的门道，也是“顺手牵羊”的诀窍。

美国一对青年夫妇在用奶瓶给婴儿喂奶时，觉得市面上出售的奶瓶太大，八个月以下的婴儿都无法自己抱住奶瓶吃奶。

女方的父亲恰好是一家工厂的烧焊产品的检查员，听到他们抱怨，便顺口说，最好在奶瓶两边焊上瓶柄，婴孩就能双手抓着吃奶了。

一句话启发了这对青年夫妇，他们设法将圆柱形的奶瓶改制成圆圈拉长后中间空心的奶瓶，投放市场销售。结果 60 天内卖出 5 万个奶瓶，开业的第一年就收入 150 万美元。

这对青年夫妇从一句话得到启迪，顺手牵住了财神，生意越做越兴旺。

营销中莫留遗憾

在一家组合音响的销售门市部里，一对正在筹办婚事的情侣看中一台式样别致、功能齐全、音色柔美的高级组合音响。善于察言观色的营业员见二人踯躅不前，判断二人已产生了一定的购买欲望，但有可能又有难言之隐。为促使买卖成交，营业员便主动上前热情地为他们介绍该音响的特点、主要操作方法及市场上的销售状况、用户的反应等，以此证明该音响价廉物美，质量上乘，操作方便，深受广大消费者的喜爱。看看二位有些心动，不住地点着头，营业员又乘胜追击，诚心诚意地说："新婚家庭添置一台音响，将会增加一分温馨的甜蜜，更添一种浪漫、快乐情怀，是绝对少不了的呀!"继而又主动为二人进行了必要的试机。紧接着又为他们进行了一系列的服务，所有的条件都得到满意答复后，二人高兴地以双方能接受的价格成交了。事后，在场的人们无不佩服这位营业员乘隙而入、顺势而取的谈判技巧。实际上，他之所以能获得谈判的圆满成功，还在于他事先心中有"羊"，否则，即使有了"顺手"之机，也牵不回羊，空留遗憾。

做衣服"牵"领带

有位朋友，因为体形肥大，买不到合适的衣服，所以要经常到服装店定做。一次他来到一家服装店，老板见来了生意，十分热情，不停地介绍他的店铺做工如何精细，交活如何迅速，价格如何便宜。经过一阵激烈的讨价还价，老板执拗不过，只好在价格上给予最大的优惠。接着老板就前后左右，上上下下地为他量好了各部分的尺寸，用心写在布料上，并开好了发票，只要这位朋友付了手工费，这笔生意就成了。

但没想到，突然又提出了一个新的要求，请老板免费赠送一条领带，并暗中威胁如果不能得到满足，就要到另一家店铺去加工。老板很恼火，刚要发作，但又一想：已经谈成了的生意，仅仅因为一条小小的领带而告吹，实在可惜，让了吧，免得他再纠缠不休，就这样，这位朋友拿了领带，高高兴兴地走出了店铺。

这位朋友的主要目的是以最优惠的价格做一套合身的衣服。在他达到了这个主要目的之后，发现了老板的领带，又借机讨了一条领带，因为这条领带是意外之利，所以这种做法为顺手牵羊之计，属于微利必得。他利用了老板害怕生意告吹的弱点，强行“牵走了”一条领带。当然这条领带对老板来说应该是微不足道的，如果他要求“牵”一件衣服，老板是不会同意的。

深入研究生物学　顺手牵回一群“羊”

顺手牵羊通常指在完成主要任务的同时，另外再顺便捞一把。在科学研究领域中，也常常出现顺手牵羊之效。

人类为了攻克癌症，曾拨出巨款，投入大批科学研究人员，向癌症发起主攻，结果以失败告终。然而，人类在探索生命的本质及其机制的分子生物学的研究中，发现了遗传基因 DNA 和 RNA。这一发现不仅使主攻方向有了重大突破，逐步探清了生命的奥秘。同时，DNA 和 RNA 的发现为癌症的防治，打下了可靠的基础。

玄德荆州依刘表

对分子生物学的研究，顺手牵回的不仅仅是癌症之“羊”，对工业、农业方面也产生了巨大作用。在工业上，通过基因工程创造出新产品。日本用酶法生产脂肪酸，达到工业生产的规模。美国利用工程菌进行三级采油，达到二千万桶。加拿大用细菌浸出的铀达 230 万吨。据世界 20 个大矿山统计，每年用细菌浸矿所得到的铜达 20 万吨。

农业也是生物工程大有用武之地，据科学家预言，生物工程在农业上的应用，将解决全世界的粮食问题。细胞工程用于畜牧业，牛胚胎移植已经成功，据美国北部统计，母牛年产仔率平均增加10倍。我国在生物学等方面已具有相当的基础，人工合成胰岛素等不少成果，在国际上具有领先的地位。我国对于生物工程的开发和利用，有着光辉的前程。

墨索里尼进攻希腊失败，希特勒顺手牵羊

意大利法西斯领袖墨索里尼梦想恢复罗马帝国，使地中海成为罗马的内湖。第二次大战爆发以后，他以为有机可乘，但他又清楚地知道，自己无法单独对在地中海占有优势的英国采取坚决的行动，只好把目光转向地中海沿海的弱小国家，企图凭意大利的军事实力，顺手牵羊，一举把它们征服，他选中了亚得里亚海对岸的希腊。希腊国小兵弱，没有什么战斗力。而且，意大利外交大臣齐亚诺向墨索里尼提供了希腊人的情况，说他已经用重金收买了希腊许多著名活动家，包括一些政府要中，来为意大利服务；此外，在边境地区的希腊军队中也有自己人。墨索里尼对齐亚诺的报告极为欣赏，以为征服希腊已是水到渠成，一

蹴而就的事。墨索里尼召集武装力量总参谋长和陆军总参谋长，对他们说明现在有占领希腊的政治需要。将军们对齐亚诺的报告不敢恭维，对意大利军队的现状也不感到乐观，墨索里尼却认为将军们鼠目寸光，没有远见，只有他才高瞻远瞩。他断然地挥挥手说："意大利的武装力量是战无不胜的，希腊人不会有什么激烈的抵抗，征服希腊是轻而易举的。"他一意孤行，下达了限期进攻希腊的命令。

1940 年 10 月 28 日，意大利驻希腊大使，奉墨索里尼之命，向希腊首相递交了一份照会，要求希腊给意大利守备部队提供常驻的侵略据点，以保持希腊的中立。希腊首相断然拒绝了意大利的强硬照会，并立即进行全国总动员，坚决反击意大利军队的入侵。墨索里尼偏信外交大臣齐亚诺的保证和前线指挥官对军事形势的乐观判断，立即命令没有准备好的意大利军队戟希腊。当时，意大利在前线共有 8 个师，内有 1 个山地师和 1 个装备 3 吨坦克的坦克师。意大利参谋部认为这些军队装备不完善，而且以这些兵力不足以战胜希腊军队，必须再补充几个师和大量技术装备，才能完成预定的任务。墨索里尼对将军们的判断置之不理，仍计划以 1 个师作预备队，2 个师实施佯攻，以便牵制希腊兵力，以剩下的 5 个师作为主力，直取雅典。

意大利 2 个师的佯攻部队首先发动进攻，没过几天就被希腊军队阻击住，意军苦战几天，没有取得任何胜利，而且损失惨重。一个星期后，希腊动员起来的援军赶到战场，意军不得不败退，回到出发的阵地。希腊军队乘胜迂回反击意军，夺取了意军后方要寨。为了避免被围歼，意军不得不放弃一切，拼命逃跑。这时死要面子的墨索里尼不得不厚着脸皮向希特勒德国求援，依靠德国人的援助，才保住了意大利的残余军队。而德军援助意大利，却“顺手牵羊”占领了希腊领土，牵走了意大利原想牵的“羊”。

秦袭郑灭滑之战

晋文公在城濮胜楚后，就要报他在流亡中对他无礼的那些国家之仇。郑文公也是对晋文公不友好的一个，因此文公借口郑亲楚（其实郑文公刚听到晋胜楚的消息就倒向晋，参加了践土之盟）而加以讨伐。

秦和晋那时的关系很好，文公就在公元前 630 年 9 月，邀约穆公一道围攻郑国。在危急中郑国的大夫烛之武半夜里到秦军营见秦穆公，向他讲明灭郑只有利于晋而却不利于秦的利害关系，以离间秦晋联盟，并答应郑愿作秦在东方的一个往来人员之中转站。秦穆公被烛之武的话所启发，就与郑结盟退兵，并把秦将杞子、逢孙、杨孙留下帮助郑国戍守。

弦高假命犒秦军

秦军撤退，拆了晋的台，狐偃建议攻击秦军，晋文公不同意，也只好退军。这次秦晋联合围郑的结果是使两国表面上的友好关系破裂。公元前628年（鲁僖公三十二年）晋文公去世，秦人想趁机会向东拓展，恰好戍守郑国的杞子向秦报告：郑人让他掌管北城门的钥匙，若秦悄悄地把军队开来，他打开北门接应，郑国举手可下——后世的“北门锁钥”一语就出于此。

秦穆公想独得郑国，就同蹇叔商议进兵之事，不断遭到反对。蹇叔认为，到这样远的地方去攻打别的国家，是很不利的。军队长途跋涉会丧失战斗力，军行千里也不能保密，偷袭是不可能的。穆公不听从他的意见，任命孟明视、西乞术、白乙丙三人为将，带领兵车三百乘前去偷袭郑国。

当秦国的大军从北门出发时，蹇叔和百里奚对出征的将士哭着道："我只能见到你们出去，却见不到你们回来了！"穆公生气地骂道："你知道什么，老不死的，要是你早死，坟头上的树已成材了。"蹇叔又对着孟明视等说："晋人必定在崤（xiáo 淆）山（在今河南洛宁县西北，西接陕县，东接渑池县）攻击你们，那里有两个陡峻的山谷，南边的一个是夏代国君皋（gāo 高）的坟墓，北边是周文王避风雨的地方，我将在那里收捡你们的尸骨。"

这三位年轻的将领并不把蹇叔的话放在心上，秦军一路耀武扬威地向东进发。在经过京都洛邑北门时，三百辆战车上的武士全将头盔摘掉跳下车来，表示向天子致敬，他们又都不待滚滚前进的车轮停下，这六百名琥士又都飞身跃上战车。周的王孙满当时还是个青年，在城头上见此情景，回去对周襄王说："秦军轻浮而无礼，必然要失败。"秦军到了滑国，结果就遇到了郑国商人弦高。

郑国在接到弦高的报告后，一方面加紧防守，同时派人去观察杞子等人的动静，见他们已经装束好，正在喂马磨刀准备打仗，郑人就对他们说："你们在我国停留这么久，现在我们粮食已发生困难了，如你们准备走，就请自己到山里去打些野兽为食吧！”杞子知事已败露，就逃往齐国，逢孙、杨孙逃亡宋国。

由于弦高的爱国热忱和他的机智，秦偷袭郑国的计划破了产，就只好灭掉滑国回军西去。

海上“变色龙”

常言道：“兵不厌诈”。用兵之计，贵在虚虚实实。但“兵无常势，水无常形”，世上任何一种骗术，无论它怎样独具匠心，也总会随着时间的推移而败露，真应了那句话：“魔高一尺，道高一丈。”

希特勒在用“闪击战”击败荷兰、比利时、卢森堡、法国后，他所期望的武力威慑英国投降的目的终未达到，在向英国本土登陆作战的计划被无限期地搁置之后，希特勒认为用海军封锁英国，切断它的物资补给航线，也同样会达到迫使英国乞降的目的。而德国此时海军的作战能力似乎也只能去完成切断敌人补给线的任务。这两点最终促成了一个新战法的产生，并在随后的一年中对英国产生致命的影响。

第一次世界大战后，战败的德国只允许保留 6 艘老式战列舰、6 艘轻巡洋舰和 12 艘驱逐舰。整个 20 年代，德国海军只造了几艘轻型巡洋舰。30 年代，德国海军稍有起色，建造了几艘号称巡洋舰的袖珍战列舰。这些所谓的巡洋舰在火炮、装甲、航速方面都超过了其它巡洋舰。

1933 年，希特勒上台之后，德国海军加快了重建德国海军的步伐。继战列巡洋舰“沙恩霍斯特”、“格奈森诺”号服役之后，超级战列舰“俾斯麦”号和“提尔皮茨”号也摆上了船台。但开战时，德国的水面舰艇根本无法同英国较量。英德各种舰只的比例为：战列舰 15：5；巡洋舰 64：8；驱逐舰比例更加悬殊，为 230：30；航母英国有 9 艘，德国为 0；只有潜艇比例大小相等，为 58：57。英国的强大的海军力量，使德国无论如何也不敢同英国皇家海军一决雌雄，这种情况使德国不得不另想出路。于是，“海上游击战理论”便又重新受宠。

“海上游击战理论”也有人称之为“巡洋战争理论”。这个理论是两次大战间隙时期由格罗斯、韦格纳、雷德尔等德国将军提出来的。这些将军们指出，巡洋战争的目的是要重创英国商船队，封锁不列颠群岛，以迫使英国投降。巡洋战争要求战争开始后立即对英国商船队突然实施强大突击。担任突击的海军兵力要在开战前就隐蔽地展开在海洋上。主要海军兵种应是大型的水面舰艇——战列舰、巡洋舰和由商船改装的辅助巡洋舰。此类舰艇应当在武器装备和航速方面优于同一类型敌舰。潜艇则作为独立力量参加破坏交通线的战斗。巡洋战争要进行得坚决而快速。他们认为，德国应当使用所有海军兵力，行动要尽可能迅速，因为只有对敌人交通线实行毫不留情的袭击，才能获得胜利。中立国的所有抗议都要加以拒绝。德国舰艇越是无情地攻击交通线，收效就越快，而战争结束得也越快。

从德国海军部给袭击舰舰长们所下的命令中还可以对这种理论的战术做更深层的了解。该命令可说是海盗成功经验的总结和发挥。“用一切可能的手段，来阻挠并摧毁敌人的海上贸易航运……如果遇到敌人海军，即使它们处于劣势，也只有在有利于完成主要任务的情况下，才可以与之交锋……在作战区域应时常变更所在地点，这样就可以使敌人捉摸不定。而且即便没有获得明显结果，至少也可以限制敌人商船的行动。此外，暂时离开当地前往遥远的区域，也可以使敌人更加扑朔迷离。假如敌人竟然用优势力量来保护他们的航运，而使我们不能获得直接结果。那么，仅就这种航运受到的限制来说，也足以表明我们大大损害了他们的补给情况。”德国海军这些基于客观条件的充满理智的战略战术，就连英国人也不得不痛心疾首地表示赞赏。

1939年秋，对海军作战指令有着深刻理解的“德意志”号袖珍战列舰像一个夜游神一样潜入北大西洋。它在百慕大群岛击沉英轮“克顿克德”号后被英搜索舰队发现，但很快又失踪了。不久，加拿大东部的纽芬兰岛的英轮“罗伦兹·W·汉森”号又葬身海底，英舰队又向北急驰到纽芬兰海域，可“德意志”号却早已躲到了格陵兰岛南部的冰山与浓雾之中了。很久以后，它又在直布罗陀海峡西北击沉了美船“燧石号”。“德意志”神出鬼没，行踪不定，的确使英国的搜索舰队大伤脑筋，不得已，他们加大搜索范围，出动飞机协同作战，但狡猾的“德意志”号却驶过流

卜周易管辂知机

冰四伏、危险异常的北极海安全地返回了基地。

“格拉夫·施佩”号不但有着“德意志”号行踪诡秘、飘忽不定的特点，它还以善于打扮化妆自己而闻名。“格拉夫·施佩”号建于1936年，全长185米，宽21米，吃水6.5米，满载排水量16000吨。该舰装备有8部性能上乘的柴油机组成的主机（57000马力），航速可达26—28节。庞大的动力使该舰具有机动性强、回旋半径小的特点。巡航时的续航力35000公里，差不多可绕地球一周。该舰的武备强大而先进。舰首尾各有一座三联装280毫米火炮，8座单管130毫米火炮，好几座小口径防空火炮和许多重机枪。另外，该舰上还载有2架“阿抗道”型水上飞机和装有当时独一无二的先进雷达系统。

1939年9月，“格拉夫·施佩”号游弋到巴西海岸。9月30日凌晨，它发现从布兰卡驶出的英国5000吨的货船“克莱门特”号。“格拉夫·施佩”号佯装友好若无其事地向“克莱门特”号靠近。当进入到机枪射程内时，它突然向“克莱门特”号猛烈扫射，并威胁对方保持无线电静默。在放走船员以后，“克莱门特”号被击沉。之后，“格拉夫·施佩”号向巴西发报让巴西派军舰来救援。电文签上了同伙“舍尔上将”号的名字。做完这些，“格拉夫·施佩”号急匆匆向佛得角航线驶去。在之后的48小时里它又击沉了“牛顿·比奇”号和“阿什利”号，总吨位达1万多吨。

“格拉夫·施佩”号仍遵循他一贯的战术，全速驶离“阿什利”号沉没的海区，向西边的一条运输线驶去。并乔装打扮了一番，在主桅上挂上了法国国旗。10月10日上午，它发现了排水量为8000吨的四桅货船“亨茨民”号。由于不知此水域有一艘德国袖珍战列舰，受了悬挂法国国旗的欺骗，船长命令减速，就这样不知不觉地上了当，成了“格拉夫·施佩”号的俘虏。货物被抢，船被击沉。11月15日，它绕过好望角，在莫桑比克首都洛伦索——马贵斯100海里处击沉了英国油船“非洲·舍尔”号。12月2日和3日，它又先后在此海区击沉了1万吨级冷冻船“道利克·星”号和运输船“泰乐”号。但“道利克·星”号在遇难之前，及时拍发出了遇难电报，电报明确报出了它失事的位置和遇难的原因。

“格拉夫·施佩”号已预感到自己暴露，便急忙降下德国旗，升起法国三色旗，加大马力，全速向阿根廷方向驶去。企图有二：一是想彻底换一个海区，再次隐蔽行踪；二是想前去切断阿根廷与欧洲之间的航线，破坏英国的主要食品供应渠道。

多行不义必自毙。尽管“格拉夫·施佩”号诡计多端，不断“浓妆艳抹”改变舰体颜色，不断拆装用帆布做的假烟囱和用木头做的假炮塔改变舰体外型，不断化名“德意志”号和“舍尔上将”号及改挂不同国家旗帜巧于隐蔽真名，不断转换作战海区以机动扰乱人们的视线，被人们称为“变色蜥蜴”，但最终还是受到应有的惩罚。

驻守南美洲东方海区的是英国“G”舰队司令官哈伍德海军准将，他有一种强烈的预感：“格拉夫·施佩”号一定会来拉普拉塔河。因此，他把自己的三艘军舰埋伏在拉普拉塔河河口。12 月 13 日，“格拉夫·施佩”果然向港口众多、船只密集的拉普拉塔河驶来，它本想在此大干一番，却没想到自己却为自己寻下了葬身之所。

面临英舰的包围，身负重伤的“格拉夫·施佩”号龟缩在蒙得维的亚港。在极度恐慌中，舰长兰格斯道夫相信了英国人所说的一只大舰队正在河口等待他的谎’言。在万般无奈的情况下，“格拉夫·施佩”号于 12 月 17 日晚 8 时 50 分随着惊天动地的气浪自沉了。兰格斯道夫也裹着一战时的海军旗用枪结束了自己罪恶的一生。

戈培尔的谎言欺骗术

兵法三十六计中有一计为“无中生有”。曰：“诳也，非诳也，实其所诳也，少阳、太阳、大阳。”即用假象蒙骗敌人，但并不是弄假到底，即是由虚变实，使敌人发生错觉，让大小的假象掩盖了真象。戈培尔就善于用谎言掩盖真理为希特勒扩大侵略战争制造舆论，寻找藉口。

当年戈培尔博士用信誓旦旦的谎言不是指向敌人，而是指向信仰希特勒的朝拜者们。戈培尔博士自信满满的谎言欺骗术可谓达到炉火纯青的地步。如果说希特勒的大德意志帝国这个大气球是从戈培尔那张油滑的嘴中吹出来是丝毫都不过分的。

戈培尔于1897年10月29日生于来因兰一个约有三万居民的纺织中心雷特。他的父亲弗里茨·戈培尔是当地一家纺织厂的工人。他的母亲是个铁匠的女儿。双亲都是虔诚的天主教徒。约瑟夫·戈培尔的大部分教育是在天主教会里得到的。他先在一个天主教教区小学上学，后来上了雷特的文科中学。天主教艾伯特·马格努斯协会给了他一笔奖学金，使他能继续人大学深造，结果他上了八个大学，先后在波恩大学、弗雷堡大学、伍兹堡大学、科隆大学、法兰克福大学、慕尼黑大学、柏林大学求学，最后于1921年二十四岁那一年，在海得耳堡大学得了哲学博士学位。在这些著名大学和德国最优秀的高等学府里，戈培尔学到了渊博的知识，而且也培养了他敏锐的洞察力。这些为以后他在大德意志帝国的宣传工作中奠定了丰厚的知识基础。

他的志愿是当作家。他在得到博士学位那一年，写了一部自传体小说《迈戈尔》。但是当时没有出版商愿意出版，以后两年，他又写了两个剧本，但是没有剧团愿意演出。在新闻工作方面，他的命运也不佳。自由主义的大报《柏林日报）退回了他所投的许多文章，并且回绝了他要担当该报记者的求职申请。

他的个人生活也充满了挫折和失意。他七岁的时候患了骨脊髓炎，由于开刀不顺利，结果左腿比右腿短了一截，而且有点萎缩，走起路来一望而知是个瘸子。这个残废是使他饮恨终生的憾事，也是他早年心中满怀不平的原因之一。然而这个波德平原的跛行者却不甘自暴自弃，而是比同时代的年轻人更加雄心勃勃，幻想太阳的光辉终会有照到自己身上的那一天。

早在1922年，他第一次在慕尼黑听到希特勒的讲话后就信仰国家社会主义，从此参加了纳粹党。但是纳粹运动在三年以后才发现这个人才。当时施特拉塞听了他的发言后，认为他是一个富有才华的狂热的民族主义者，能言善辩，有一支锋利的笔，受过良好的大学教育，所以施特拉塞任命他做自己的秘书，这项任命后来证明是有决定意义的。

善于观风使舵的戈培尔博士在左右摇摆之后，最后终于抛弃了自己的培养人——施特拉塞，投入了自己的崇拜者——希特勒的怀抱。并且至死都是他最忠实的信徒。一次，戈培尔在给希特勒的一封信中这样写道：

“你像一颗初升的明星，出现在我们惊异的眼前，你所表现的奇迹廓清了我们的思想，而且在一个充满怀疑和绝望情绪的世界里，给了我们信仰。你高高在群众之上，充满信心，掌握未来，有着坚强的意志，要用你对所有相信新德国人的无限热爱来解放群众。我们有生以来第一次以雪亮的眼睛看到一个人从那些利欲熏心的人们脸上，从那些庸庸碌碌的议会里的好事之徒脸上，把他们的假面具撕掉……

“在慕尼黑的法庭上，你在我们面前表现了元首的伟大。你所说的话是俾斯麦以来德国境内最伟大的话。你所表示的不仅仅是你自己的痛苦，你提出了整个一代人的需要，这一代人苦苦在寻求领袖和任务。你所说的话是新的政治信仰的大纲，这种政治信仰是在一个崩溃的、无神的世界的绝望中产生的，我们都要感谢你。有一天，德国也要感谢你……”

1926年10月底，希特勒任命戈培尔为柏林的纳粹党区领袖。他指示戈培尔肃清那些妨碍纳粹运动在那里发展的互相争吵不休的褐衫队员，为国家社会主义运动把德国的这个首都拿下来。戈培尔这时刚满二十九岁，在一年之间就从一个无名之辈爬到了纳粹党内领导人之一的地位，他毫无难色地着手完成希特勒所赋予他的在柏林首都这个大城市的任务。他的宣传才能和改组柏林党组织的成绩，希特勒颇为赏识。但是他那一张油滑而刻薄的嘴和灵敏的头脑，却讨不到希特勒其他助手的欢心。他们都不信任他。但希特勒对戈培尔的忠诚却是完全相信的；此外，这个瘸腿的狂热分子，常常有些奇异的令常人不可捉摸的思想，这对希特勒来说是颇有用处的。为了扩大宣传，他办了一张自己的报纸柏林《进攻报》，戈培尔有流氓记者的办报才能和善于煽动群众的演讲本领。关于这一点，能言善辩的希特勒有时也不得不高看一眼，这对希特勒有无法估计的价值。

在施莱彻尔的短命内阁倒台之后，希特勒在垄断资本和军方的支持下，终于爬上了总理的宝座。下一个目标便是总统兴登堡的宝座。新旧总统的交接仪式的演出和指导的重任无疑便落在了戈培尔的肩上。在希特勒为了表示对总统的敬意，走下讲台，到兴登堡面前鞠躬同他握手时，戈培尔布置的照相机、电影机、录音机都同时开动起来，镁光闪闪、机声轧轧，把德国陆军元帅和奥地利下士象征着新德国和老德国团结的庄严握手场面记录下来，让全国和全世界都能看到听到。

希特勒攫取了德国至高无上的权力，集党政军大权于一身，在政治、经济、文化各个方面强力推行法西斯一体化，疯狂为侵略扩张作准备。惯用欺骗术的宣传部长——戈培尔博士此时在文化方面的法西斯统治上大有用武之地。

为了使德国文化不得越出纳粹思想的雷池半步，戈培尔下令在柏林的一个广场上焚毁大量被认为是与纳粹思想格格不入的进步书籍。在被焚的书籍化为灰烬之际，戈培尔博士使用一贯的欺骗伎俩，向学生们自信满满地说，“德国人民的灵魂可以再度表现出来。在这火光下，不仅一个旧时代结束了；这火光还照亮了新时代。”

为了防止思想异化，不仅焚书，而且还制定了严格的文化管制。在戈培尔博士的指导下成立了德国文化协会。它的目的，用希特勒公布的法律来说，就是“为了推行德国文化的政策，必须使各方面的创造艺术家都集合在国家领导下的一个统一的组织中。不仅必须由国家决定思想方面和精神方面的发展路线，而且还必须由国家领导和组织各种专业”。

同时也加强了对思想舆论机关的控制。每天早晨，柏林各日报的编辑以及德国其他地方报纸的记者，都聚集在宣传部里，由戈培尔博士或其他的一个助手告诉他们：什么新闻该发布，什么新闻要扣下，什么新闻怎么写和拟什么样的标题，什么运动要取消，什么运动该开展。为了防止误解，除了口头例会外，每天还有一篇书面指示。

电台和电影也很快被利用来为纳粹政权的宣传服务。戈培尔博士一直认为，广播是现代社会的主要宣传工具。通过广播协会他完全控制了广播事业，使它适合希特勒的目的。他的任务所以比较容易实现，是因为德国的广播事业是由国家所拥有和经营的垄断事业。1933 年希特勒一上台，国家广播公司就自然落入他们手中。

电影仍在私人公司手里，但是宣传部和德国电影协会控制了这个企业的每一个方面。用一篇官方评论的话说，它们的任务是使电影脱出自由主义的营利思想范围，从而使它能够接受它在“国家社会主义”国家里必须履行的那些任务。

如此纳粹化的结果，是使希特勒由奥地利的流浪汉成了德国人民头上最有权力的专制魔王。“希特勒就是法律”，希特勒的话就是至高无上的“圣旨”。希特勒以这种纳粹化的统治，控制了全国各种制度和文化，并且在种族复仇主义的煽动下迷惑了亿万德国人民使其成为为自己效命的忠实信徒。

在希特勒所取得的这些政绩中，戈培尔博士的谎言欺骗术是起了很大作用的。戈培尔本人善用谎言欺骗伎俩的本领更是不可低估的。

第三次中东战争

1967 年 6 月 5 日爆发了以色列对埃及、约旦、叙利亚的第三次中东战争。以色列在兵力兵器数量上均处于劣势的情况下，于开战后 3 个小时宣布“已经夺得了天空自由”；4 天之内攻占了整个西奈半岛和约旦河西岸以及戈兰高地等广大地区；总面积达 6.85 万平方公里；第 6 天（6 月 10 日）结束战争。阿（拉伯国家——埃及、约旦、叙利亚）以（色列）双方军队的损失对比情况为：死亡人数 25∶1；负伤人数 14∶1；

被俘人数 340∶1；损失坦克 13.5∶1；损失飞机 12∶1。这是第二次世界大战后一次典型的以少胜多的战例。

玄德荆州依刘表

以色列之所以能在这次战争中以少胜多，取得巨大的战果，一个十分重要的原因就在于成功地达成了作战行动的突然性。

第二次中东战争以后，以色列与阿拉伯国家的历史积怨日深，以色列不甘心失败，总想寻机报复。但是，以色列的敌人是阿拉伯国家，主要敌人是埃及，其军事力量占有十分明显的优势。因此，以色列认为，同阿拉伯国家作战，在战争指导上必须强调实施先发制人的突然袭击，以求速战速决。加上现代条件下的战争特别是在沙漠这种特殊条件下作战，其胜败往往取决于制空权的归属。据此，以色列又进一步确定要以突然袭击的方式，首先集中摧毁阿拉伯的空军，继而以装甲部队作为地面战斗的主力，陆、海、空密切协同，采用奇袭和快速的机动作战席卷战场，不给阿拉伯军队以喘息之机。

1966年秋天开始，阿拉伯游陆队活动进入高潮。1967年5月，由于多种因素的综合作用，以色列决定对阿开战。为了有效地隐蔽率先对埃及空军实施突然袭击，进而全面进攻阿方的战略企图，以色列在兵力集结阶段，巧妙地利用同叙利亚的矛盾，采取了声东击西的佯动措施，尽力给其主要对手埃及造成错觉。1967年初，叙、以边境连续发生炮击和袭击事件。4月7日，埃、以空军进行交战，以色列击落叙利亚6架飞机，随即，以色列开始向叙利亚边境调集军队。埃及为了援助叙利亚，于5月中旬进行了动员，加强了西奈半岛的军事力量，其兵力已达4万人，坦克500辆。以色列遂于5月19日下达了大规模动员的命令。5月22日，埃及宣布对以色列舰船出入的必经要道蒂朗海峡实施封锁。5月30日，埃及与约旦签订了共同防务条约。针对这种情况，以色列一方面明确择定要以埃作为主要空袭对象，一方面又通过军事、外交等途径来尽力麻痹埃及。为此，先是借口叙利亚支持巴勒斯坦游击队，对以色列形成“威胁”，摆出了一副对叙利亚作战的态势。当埃及宣布封锁蒂朗海峡之后，以色列则立即借题发挥，声称要以武力“突破封锁”，一面在外交上寻求国际舆论的支持，一面在埃拉特地区集结兵力。与此同时，还采取了修建假机场和假降落场，模拟军队特别是坦克兵的移动和集中；以及利用无线电发出假情报等有效的隐蔽措施。直到战争爆发前夕，以色列还多次派出幻影式飞机编队，在西奈半岛南端的沙姆沙依赫和亚喀巴湾上空活动，制造紧张局势。以色列所采取的这些佯动措施，加上外交宣传和情报工作的密切配合，使得埃及错误地认为，以色列不可能对埃及发动全面战争，即使打起来，也只是为了打破对亚喀巴湾的封锁。这样，以色列就成功地达到了隐蔽战略企图的目的。

从隐蔽战略企图到发起突然袭击的作战行动，其间还有一个关键环节，就是要正确地选定攻击发起时间。以色列着重从双方当时所处的态势特别是阿方的活动规律以及气象条件等方面进行综合权衡之后，精心选定了6月5日（星期一）上午7时45分（开罗时间为8时45分），作为实施首次突击时间。首先，从埃军方面的情况看。以色列认为，一是埃军早在5月中旬就已将兵力集结在西奈半岛，戒备心理已经过了高峰。而埃及空军每天拂晓只有数架米格－21处于半待命状态，另有1～2架米格－21飞机遂行空中巡逻。加上以往以色列空军的飞行训练大多是在拂晓进行，埃军也据此认为拂晓时分是以军最有可能实施突袭的时机，因此天亮2～3小时后，埃及空军巡逻机已经着陆，埃军的雷达也已关机。根据这些情况，以色列判断上午7时30分是埃军戒备最为松懈的时间。二是按照埃军作息习惯，上午7时45分（开罗时间8时45分）埃军的指挥官尚在上班的途中，空军值班部队人员正进行第二次早餐。埃军雷达站交接班也在此时进行，大约有15分钟的间隙可以利用。其次，从当时的气象条件看。尼罗河三角洲和苏伊士运河上空拂晓时多雾，多在7时30分雾消转晴，8时能见度最好，太阳的位置也有利于以色列空军对埃军地面目标实施准确的突击。最后，从最大限度发挥以色列飞行员战斗力的基本需求看；以往的惯例是在拂晓进行攻击训练时，飞行员务必在起飞前3小时做好登机准备，睡眠时间显然不足。这样，确定首次突袭时间为上午7时45分，飞行员则可以睡到凌晨4时，保持连续作战所需的体力。为了保证首次突袭获得成功，以色列不仅从首次突击时间进行绝对保密，而且采取了一连串的欺骗措施。其中，最具代表性的是，6月3日，尽管各项开战的直接准备正在紧锣密鼓地进行，但以军却故意让许多士兵休假，大部分飞行员也都像往常一样，轻松愉快地参加周末舞会。6 月 4 日，攻击部队已经升火待发，以色列政府却公开声明撤销征募部队以军的命令。所有这些，都有效地麻痹了阿方，使得埃及政府和埃军统帅部在战争爆发的可能性和开战时间等一系列重大问题上，都作出了错误的判断。

1967 年 6 月 5 日 7 时 45 分，以色列首次动用 150 架飞机，同时对埃及 10 个主要机场实施突击。随后，每间隔 10 分钟进入一批，对首次突击过的目标实施连续突击。战至 10 时 35 分，先后出动飞机 17 批，使埃及空军的大批飞机，未及起飞投入战斗，就被摧毁在地面。埃军的 20 个防空导弹连共 100 部萨姆－2 导弹发射架，也没有来得及使用，就有大部分被摧毁。3 小时内，随着埃及空军 80％被摧毁，以军则宣布完全夺取了制空权，为夺取战争全局的胜利奠定了基础。

尤其值得注意的是，以色列不仅通过佯动、欺骗，隐蔽战略企图，精心择定首次攻击时间，达成了作战行动的突然性，而且打破作战“常规”，在选择攻击目标上同样出敌不意，因而极大地提高了突然袭击的效果。比如，埃及空军在南部红海西岸有卢克索尔和巴纳斯两个轰炸机基地，距离以色列空军的大部分机场大约在 900 公里左右。由于以色列空军现有飞机的作战半径通常不能抵及这两个基地，因此埃军也认为这两个重要基地不会遭到以军的空中突击。可是，以色列却最终还是出乎埃及的预料，动用了以空军航程较远的“秃鹰”式飞机，以远程奔袭突击了这两个超过其作战半径的埃及空军基地。正是为了克服“秃鹰”式飞机的作战半径达不到埃及南部较远处机场的困难，以色列先将“秃鹰”式飞机隐蔽地转场到其最南边的纳泽里姆空军基地。飞机起飞之后，使用最佳速度上升到单个发动机飞行最有利的高度，关闭一台发动机，以单个发动机飞行，并取最短航线，沿亚喀巴湾南下。待快要飞临目标上空时，恢复双发动机飞行并开始增速，对卢克索尔和巴纳斯空军基地实施突然、准确的空中突击。为了取得最大的空中突击效果，以色列空军除了以 12 架超神秘式飞机担任值班警戒之外，几乎出动全部作战飞机，就连 60 多架教练机也都装配了攻击武器，分成若干波次实施首次突击。对于主要目标，则集中力量同时实施突击。通过卓有成效的空中突袭，有仅给埃及空军造成了毁灭性打击，而且使埃及整个军队乃至参战的阿拉伯国家，产生了巨大的心理震撼。与此同时，又从根本上支持和保障了以色列地面部队的进攻行动，极大地提高了地面部队的进攻速度。最终在；6 天内结束战争，实现了速决速胜的预期目的。

综观第三次中东战争的战例，可以看出，以色列之所以能够以少胜多，速决取胜，无疑是得益于突然袭击，取得了先机之利。为了达成作战行动的突然性，以色列采取了许多具体而又有效的措施。大致说来，一是声东击西，隐蔽企图，不宣而战；二是充分利用埃军活动规律，巧妙选择首次突击时间；三是隐真示假，造成埃军判断失误；四是反常用兵，破例使用突击力量。细细品味以色列的这份杰作，我们至少可以得到可望用于指导未来战争的两条重要信息：首先，随着战争形态的演变，达成作战行动突然性固然极为重要，但难度已日渐增大，必须把政治、外交、军事、科技等方面的因素综合权衡，思谋良策。其次，也是更重要的，尽管为了达成作战行动突然性，可以采取各种各样的手段或办法，乃至无奇不有，但是从根本上讲，一切的隐真示假、欺骗伪装，都离不开悉心研究、及时窥破并充分利用对方的思维“盲区”。即是说，对于那些既看得见，也听得着的事实特别是军队的行动，要让敌人“万万没有想到”其背后的文章就是要实施突然袭击。

第三套　攻战计

第十三计　打草惊蛇

【原文】

疑以叩①实，察而后动。复者，阴之媒也②。

【注释】

①叩：敲打，引申为核查、核实。

②复者，阴之媒也：复，《易·复》卦："反复其道，七日来复。"崔憬解"复"为"物复其本"，"反于初"，即恢复事物本来面貌之意。或释为反复。阴，隐藏。媒，中介，引申为：导致……的缘故。

【译文】

情况可疑要察实，精确辨别敌情之后，再投入行动；反复探索敌情，是发现敌人设下圈套的主要手段。

【按】敌力不露，阴谋深沉，未可轻进，应遍探其锋。兵书云："军行有险阻、潢井[①]、葭苇[②]、山林、蘙荟[③]者，必谨复索[④]之，此伏奸之所处也。"[⑤]

【注释】

①潢井：积水池。

②葭苇：芦苇，泛指丛聚的水草。

③蘙荟：草木繁茂的样子。

④复索：反复搜索。

⑤语出《孙子兵法·行军篇》。

【译文】

当敌方的实力还没有显露，而将其阴谋深藏着的时候，切不可轻敌冒进；此时，应先采用多种方式从各个不同方面去探明其锋芒所在。《孙子兵法》上说："军队近旁如有险地阻隘、低洼沼泽、丛生芦苇、繁草荫蔽的地方，必须仔细地反复搜索，因为这些都是可能隐匿伏兵和奸细的地方。"

【计名探源】

打草惊蛇，语出段成式《酉阳杂俎》：唐代王鲁任当涂县县令，搜刮民财，贪污受贿。有一次，县民控告他的部下主薄贪赃。他见到状子，十分惊骇，情不自禁地在状子上批了八个字：“汝虽打草，吾已惊蛇。”

【评语】

“打草惊蛇”亦作“打草蛇惊”。原意用以比喻做事不周密，使对方借以警觉起来而加以预防。朱熹《朱文公集》二十九《答黄仁卿书》：“但恐见黄商伯狼狈后，打草蛇惊，亦不敢放手做事耳。”段成式《酉阳杂俎》载：唐代王鲁为当涂县令，贪污受贿。有一次，县民连状告发他的部下主簿贪赃。他看完状子后，十分惊恐，便情不自禁地在状子上批下八个字：“汝虽打草，吾已惊蛇。”此计用在军事上，是指当敌方的兵力没有暴露、行踪诡秘、意向不明之时，切不可轻举妄动，应当查明情兑后再做决策。当然，也可以反其道而行之：诱敌自我暴露，然后战而胜之。这与“引蛇出洞”的语义相近。

古人认为，敌方的兵力不暴露，行踪诡秘，意向不明，万不可冒失进击，应当立刻弄清其主力与突出目标的所在之处。

【战例】

郑桓公设计取郐国

春秋时期，郑桓公打算袭击郐国，出兵之前，便先演出了一场驱使郐国君臣之间内乱自惊的假戏。用假戏真做之法来“打草”，然后再驱诈而使郐国君臣内部自扰自惊，结果，一战而胜夺取之。据《韩非子》载，郑桓公先将“郐之豪杰良臣、辩智果敢之士”编成名簿，然后再将郐国的良田和官爵分别书写在各自的名下，仿佛是事后论功行赏的依据。接着，郑桓公又煞有介事地故意大张旗鼓“设坛场郭门之外”，装模作样地将赏赐名簿埋在地下，还祭以鸡豕，似“若盟状”。此诈伪消息，郑桓公更不惜余力地向敌国传播，大肆渲染。结果，消息传至郐国，“郐君以为内难也，而尽杀其良臣”。不久，郑桓公“袭郐，遂取之”。这一编（名簿）、一赏、一祭、一盟的智力游戏，既由郑桓公自编、自导、自演、自播，更由他驱力使诈伪的信息传至敌国郐君耳中，结果，郐君更是对假戏、伪诈，深信不疑，则是自信、自乱、自杀、自惊、自溃，最后导致国破自毙的下场。郑桓公的假戏驱力（打草）妙计，不仅使蛇自惊，而且自咬、自残、自杀而亡。此计谋的高超智慧与阴毒之处，于此可见。

商臣获实而后举

春秋战国时，楚成王办事优柔寡断，在立王位继承人的问题上，总是举棋不定。他先是将商臣立为太子，但事隔不久，却又想改变主意，要立职为太子。正当成王犹豫不决的时候，太子商臣对此事有所觉察，但未知消息是否为确切，如不尽快了解实情，就会束手就擒、坐以待毙，此时在他老师的帮助下，决定采用佯错的办法，进行试探。不久的一天，商臣设宴款待他的姑母、楚成王的妹妹江芈，在宴席间他故意装作无礼和不尊敬的样子，用以激怒其姑母。他姑母果然真被激怒了，十分气愤地说："怪不得成王要废掉你，立职做太子，原来你真是个不争气的东西。"商臣听了姑母的话，证实楚成王要废掉自己的消息确属无疑，于是发动宫廷政变，逼迫楚成王自杀身亡，一举夺取王位。这便是春秋时期的楚穆王（公元前625～614年在位）。这是楚太子商臣，使用了佯错而获王情的打草惊蛇之计，获得一举成功的典型事例。

当然，准确地说，这是一种佯错激怒法，宴其姑母，佯错无礼，激怒吐实、获实而后举，这便是全计实施的“成功四步曲”。

设奇谋班超脱险

公元73年，东汉，窦固派副司马班超和从事郭恂一同出使西域。班超一行到达鄯善国时，鄯善王广接待的礼节非常恭敬周到，但后来忽然变得疏远简慢了。班超对他的部下说：“你们感到广的态度冷淡了吗？”部下说：“胡人行事无常性，没有别的原因。”班超说：“这一定是因为有北匈奴使者来

三十六计之打草惊蛇

到，而鄯善王内心犹豫，不知所从。明眼人在事情未发生时就能看出，何况事情已经很明显了！”于是他召来胡人侍者，诈他说：“匈奴使者来了几天，现在在什么地方？”胡人侍者惊恐地回答：“来了三天，离此地三十里。”于是班超就把胡人侍者关起来，召集全体属员三十六人，和他们一同饮酒。饮到酣畅之时，班超借酒激怒众人说：“你们和我同在闭塞的荒域，如今北匈奴使者才来几天，而鄯善王就冷淡我们了，若是使者命令鄯善王把我们抓起来送给匈奴，那我们的骨头就要喂豺狼了。我们怎么办？”部下都说：“如今处在危亡之地，我们跟司马同生死！”班超说：“不入虎穴，焉得虎子。如今只有乘夜用火进攻匈奴人，使对方不知我们到底有多少人马，必定大为震惊恐惧，这样便可将他们一网打尽。除掉了北匈奴使者，那么鄯善王就会胆战心惊，我们便大功告成了。”众人说：“应当和从事商议一下此事。”班超生气地说：“命运的吉凶就在今天决定，而从事不过是平俗的文吏，听到我们的计划一定害怕，计谋便会泄露，到那时候，我们死得没有名堂，就算不上英雄了。”众人说：“好！”一入夜，班超便带领部下奔向北匈奴使者的营地。当时正刮着大风，班超命令十人拿鼓，躲到匈奴人的帐房后面，相约道：“看见火起，就要一齐擂鼓呐喊。”其余的人全都手持兵刃弓弩，埋伏在门两侧。班超顺风放火，大火一起，帐房前后鼓声、杀声响成一片。匈奴人惊慌失措。班超亲手杀死三人，下属官兵斩杀北匈奴使者及其随从共三十余人，其余约一百人全部被火烧死。班超等人次日返回，将杀匈奴使者的事告诉了郭恂。郭恂大惊，接着又神色一变。班超知道他的心思，举手声明：“从事虽然没有参与行动，可班超怎有心一人居功？”郭恂这才大喜。于是班超叫来鄯善王广，给他看了匈奴使者的首级，鄯善举国震惊惶恐。班超将汉朝的国威和恩德告诉鄯善王，并说：“从今以后，不要再同北匈奴来往了。”广叩头声称：“我愿归顺汉朝，没有二心。”于是将王子送到汉朝当人质。班超归来后，向窦固讲述了出使经过，窦固十分高兴，将班超的功劳一一上报，并请求重新更换使者出使西域。明帝说：“有班超这样的官员，为什么不派遣，而要另选他人呢？现任命班超为军司马，让他完成已开始的功业。”窦固又让班超出使于阗国，准备为他增加随行军士，但班超只愿带领原来跟从的三十六人。他说：“于阗是个大国，路途遥远，如今率领几百人前往，不能显示强大。如有不测，人多反而成为累赘。”当时，于阗王广德称雄于西域南道，而于阗又受匈奴使者的监护。班超到达于阗后，广德待他礼仪态度十分疏远。于阗又有信巫术的习惯，而巫师声称：“神已发怒，问我们为什么向着汉朝？汉朝的使者有一匹黑唇马，快去找来祭祀我！”于是广德派宰相私来比向班超索求赠马。班超已经知道底细，便答应此事，但要巫师亲自前来取马。不久，巫师来了，班超便立刻将他斩首，并逮捕了私来比，痛打数百鞭。班超将巫师的首级送给广德，并对他进行谴责。广德早已听说过班超在鄯善斩杀北匈奴使者的事，大为惊恐，随即杀死匈奴使者投降班超。班超重赏于阗王及其大臣，就此镇服安抚于阗。于是西域各国全把王子送到汉朝做人质。西域与汉朝的关系曾中断了六十五年，至此才恢复交往。

徐庶试马识人

东汉末年，徐庶是有名的谋士，与当时的司马徽、庞士元、诸葛亮等人齐名，享誉甚隆。徐庶为寻求报效的人主时，听闻刘备人品高尚贤达，是一位爱惜人才的贤明之主，很想投靠他，但又不知刘备是否像人们传说的那样。所以很想打探试验一下刘备的虚实和人品的实情。但这种试探又须当面验证，否则，再听别人辗转相传，也不过是传闻而已，耳听为虚，无法探得真底。只有当面试主，方能眼见为实，来得真切痛快，远较诸多“耳食之辈”强之万倍。故只能用“明试”之法，但此法亦只有巧用，方为得宜。徐庶不愧为谋士之才，长于心计，终于把握时机，妙用打草惊蛇之法。

有一日，徐庶突然发现刘备正在专心致志地欣赏自己的坐骑战马，便走上前去，很恭敬地对刘备说：“我以前学过一点相马之术，让我来看一下您的马。”于是，刘备命人把他的战马牵出来，在徐庶的面前走了几趟，溜了几圈。这时，徐庶忽然故作惊讶地说：“你的马虽是一匹千里马，但将来却要伤人的。”刘备听了，却很不在意地笑着说：“死生都是命里注定的，与马有什么关系，何况在檀溪的时候，是它救了我。”徐庶听罢则说：“这匹马终究要伤害一个人，您可以把这匹马先送给您所痛恨的人，等到伤害了他之后，您再骑它，就不会有事了。”刘备一听此言，大为不满，便忿忿地说：“我希望先生能告诉我大道理，而您现在却教我害人的事情，我实在不敢领教。”徐庶一听此话，连忙向刘备赔礼道：“我一直听人传说明公仁德，但一直不敢相信，今天特意用这番话来试探您，果然不错。”从此以后，徐庶便开始辅佐刘备，且尽其全力。不仅如此，他还向刘备推荐了卧龙岗的奇才诸葛亮，致使刘备作为蜀主，能与曹魏、东吴成三分天下的鼎足之势。

谋士徐庶，在不了解刘备真实人品的情况下，采用明试马而暗探人的手段，诱使其急中暴露真实品德，这是运用“打草惊蛇”策略的典型成功事例。

张辽血战逍遥津

公元 215 年八月，孙权率军队十万人围攻合肥。此时，合肥城内有张辽、李典、乐进率七千人在屯兵驻守。魏公曹操去征讨张鲁前，曾留一封指导作战的信给合肥护军薛悌，信封上写道：“敌人来了，再打开看。”孙权大兵到达，薛悌等人打开信，信中着：“孙权若攻打你们，张、李将军出战迎敌，乐将军守城，护军不要参战。”将军们认为如此寡不敌众，都怀疑曹操的指示有问题。张辽说：“魏公远征张鲁，等他派救兵到达，我们已经被攻破了。所以他在信中指示，在敌人安排停当前，予以迎头痛击，以摧折敌军气焰，安定我军军心，然后才可能回城固守。”乐进等人都沉默不语。张辽气愤地说：“胜负成败，在此一战。诸位若还犹豫不决，我张辽将独自决一死战。”李典原本与张辽不和，却感慨地说：“这是国家大事，您的计谋如是为国家着想，我怎么能因为私人的恩怨而损害公义呢！我将和您一起出战。”于是，张辽当夜募集敢死队员八百

张辽威震逍遥津

人，杀牛设宴隆重犒劳他们。第二天清晨，张辽身穿铁甲，手持战戟，身先士卒，冲锋陷阵，杀敌数十人，斩敌两员大将，高喊自己的名字，冲破敌兵营垒，直杀到孙权的大旗下。孙权大惊，手足无措，退到一座高丘上，用长戟自卫。张辽大声叫喊着，要孙权下来决一死战，孙权不应战，看到张辽的人马并不多，乃下令将张辽重重包围。张辽急忙冲出重围，仅带出数十人，陷在敌阵中的人高喊：“将军要抛弃我

们吗？”张辽又返身杀回，再度冲出重围，救出其余的战士。孙权的人马都望风披靡，不敢抵挡。从清晨一直战到中午，东吴的士兵都十分沮丧，全无斗志。张辽命令回城，部署守城，整修城防，军心开始安定下来。孙权围攻合肥十多天，无法破城，只好撤军。士兵们已经集合列队上路，孙权和部下将领们还在逍遥津北岸，被张辽从远处看见。张辽突然率步骑兵杀到。甘宁与吕蒙等人奋力抵御，凌统率领亲兵搀扶孙权冲出包围，又杀进去与张辽奋战，身边的战士全部战死，他自己也受了伤，估计孙权已无危险，他才撤回。孙权乘骏马来到逍遥津桥上，桥南边的桥板已经撤去，有一丈多宽没有桥板。亲兵监谷利在孙权马后，要孙权坐稳马鞍，放松缰绳，他在后面猛加一鞭，战马腾空跃起，射向南岸。贺齐率三千人在南岸迎接，孙权因此而幸免于难。孙权登上大船，在船舱设宴饮酒压惊，贺齐从席间走出，流着泪说：“主公为一国之尊，做事应处处小心谨慎，今天的事情，几乎造成巨大灾难。我们这些部属都深感震惊，如同天塌地陷，希望您永远记住这一教训！”孙权亲自上前为贺齐擦去眼泪说：“我很惭愧，一定把这次教训铭刻在心中，绝不仅仅用笔记录下来就算了事。”

蜀魏争夺汉中之战

公元218年，刘备领兵10万围汉中，曹操闻报大惊，起兵40万亲征。定军山一役，蜀将黄忠计斩曹操大将夏侯渊。曹操大怒，亲统大军抵汉水与刘备决战，誓为夏侯渊报仇。蜀军见曹兵势大，退驻汉水之西，两军隔水相拒。

老黄忠计夺天荡山

刘备与孔明至营前观察两岸形势，谋划破敌之策。孔明见汉水上游有一带土山，可伏兵千余。回营后命赵云领兵五百，都带上鼓角，伏于土山之下，或黄昏，或半夜，只要听到本营中炮响一次，便擂鼓吹角呐喊一通，但不可出战。孔明自己却隐在高山上观察敌军动静。第二天，曹兵到阵前挑战，见蜀营既不出兵，也不射箭，叫喊了一阵便回去了。到了深夜，孔明见曹营灯火已灭，军士们刚刚歇息，便命营中放炮为号，令赵云的五百伏兵鼓角齐鸣，喊声震天。曹兵惊慌，疑有蜀兵劫寨，赶忙披挂出营迎敌。可出营一看，并不见有什么蜀兵劫寨，便回营安歇。待曹兵刚刚歇定，号炮又响，鼓角又鸣，呐喊又起。一夜数次，弄得曹兵彻夜不得安宁。一连三夜如此，致使曹操惊魂不定，寝食不安。有人对曹操说，这是诸葛孔明的疑兵计，建议不要理睬他。可曹操说，我岂不知是孔明的诡计！但如果多次皆假，却有一次真来劫营，我军不备，岂不要吃大亏！曹操无奈，只得传令退兵30里，找空阔之处安营扎寨。诸葛亮施“打草惊蛇”计逼退了曹兵，便乘势挥军渡过汉水。蜀军渡汉水后，诸葛亮传令背水扎营，故意置蜀军于险境，这又使曹操产生了新的疑惑，不知诸葛亮又将使什么诡计。因为曹操深知“诸葛一生惟谨慎”，认为他如果不是胜券在握，是决不会走此险棋的。诸葛亮正是看中曹操这种心理，偏走此险棋来疑他、惊他。曹操在惊疑中，为了探听蜀军虚实，下战书与刘备约定来日决。战斗刚开始，蜀军便佯败后退，往汉水边逃去，而且多将军器马匹弃于道路两旁。曹操见此，急令鸣金收兵。手下的将领疑惑的问曹操：为何不乘胜追击，反令收兵？曹操说：看到蜀兵背水扎寨，我原本就有怀疑；现在蜀兵刚交战就败走，而且一路丢下许多军器马匹，更说明是孔明的诡计，必须火速退兵，以防上当。然而，正当曹兵开始掉头后撤时，孔明却举起了号旗，挥指蜀兵返身向曹兵冲杀过来，致使曹兵大溃而逃，损失惨重。这一回是诸葛亮用计设险局、临阵佯败、“打草惊蛇”的计策置曹操于疑惑、惊恐之中，再次巧妙地击溃了曹兵。

孔明打草惊蛇败司马

三国时期，诸葛亮率蜀军五出祁山时，与强敌魏军相遇时将计就计，将魏军统帅司马懿派出的一支部队在伏击圈里消灭，魏军损兵折将。诸葛亮在将魏军的前锋“打草”消灭的同时，又惊扰了后续的主帅与大军之“蛇”，使其再也不敢冒然尾追主动后撤的蜀军，便是应用此计成功的事例之一。

诸葛亮五出祁山时，率八万蜀军，司马懿带兵相迎。蜀军除在陇西用计抢割麦子以充军粮外，又在卤城，里应外合，打败魏军。但因魏吴联合攻蜀，西川吃紧，诸葛亮决定撤军。为摆脱魏军的尾追，他便决定设下埋伏，打草惊蛇，命杨仪、马忠率一万弓弩手在剑阁木门道设下埋伏，待魏军追到，只听号令将其歼灭。结果，司马懿命张郃领五千魏兵向前追击，自己带二万余魏军随其后。张郃中计被蜀军射杀，百余部将及魏军全部被歼。待魏军后援赶到时，山路已被阻塞。众军正要后撤，却听山头有人大叫："诸葛丞相在此！"只见诸葛亮立于火光之中，指着魏军说："我今天围猎，原想得一'马'（指司马懿），却误中一'獐'（指张郃）。你们回去告诉司马懿，我早晚要擒住他。"由此可见，蜀军的胜利与魏军的损兵折将，一败再败，正是诸葛亮充分利用魏军统帅和将领的判断失误，以及发挥自身优势（心理优势、地形优势、战术优势、人才优势）的基础上，得心应手运用此计而取得的硕果。

鞋的故事

很多年前的一天，南太平洋上的某一岛屿，来了两个分属英国和美国皮鞋厂的推销员。他们分头在岛上跑了一圈，第二天各自给工厂发了电报。英国推销员的电文说："此岛无人穿鞋，我于明天飞返。"美国推销员的电文是："此岛无人穿鞋。皮鞋销售前景极佳。我拟留于此。”第三天，英国的推销员飞离此岛，美国的推销员则留下画了一张“广告”，没有说明文字，只是画着一当地人模样的壮汉，脚穿皮鞋，肩扛虎豹狼鹿等猎物，威武雄壮，煞是好看。当地土著人看了这张“广告”，纷纷前来打听从哪里能弄到脚上穿的那东西，好借以捕获更多的猎物。

这是一则在商界流传很广的故事，它的真实性似乎是难以考查了，但它形象地说明了如何发现市场，寻找机遇的道理。无独有偶，在我国也有这么一件事：

1988年，两位云南厨师想到江南某城开面馆，俩人在此城的街道上没有发现一家真味面馆。甲厨师很失望，当天就回去了：“这城里没人吃过桥米线，没戏，”乙厨师却很兴奋：“妙极、妙极，这城里没一家过桥米线面馆，正是一个大好的处女市场。”

乙厨师的成功在于他们注意及时地捕捉市场上千变万化的信息，根据这些信息及时变化，这也是“打草惊蛇”计的灵活运用。

病胃与人的对话

肚子饿了，常会咕咕叫个不停；吃得太饱或受了刺激、吃了不消化东西时，也会痛苦不堪。这都是肚子在向人提抗议了，只是后者更强烈些。不过这种抗议是通过痛觉神经传达给大脑的，无声无息，别人听不到摸不着。美国许多制药商为了表现人与胃之间这无声对话，广告做来做去总跳不出演员表演“胃痛—吃药—解痛”这三步曲的框子。虽说广告公司花重金聘请各路名演员来表演“胃剧痛”到“痛止豁然开朗”这个戏剧性过程，但毕竟是隔靴搔痒，不在点子上。

美国JTP广告公司在为治胃病药做广告时，创新采用了动画片的形式。在荧屏上，一个嘴馋爱吃刺激性食物，而且一吃就吃很多的胖子同他的“病”胃相对而座，大吵大闹互不相让。胖子责怪他那胖鼓鼓的胃不肯帮忙，每当他想多吃点好吃的东西时，那胃就翻江倒海大闹特闹，疼得他受不了，而坐在胖子对面的胃也毫不嘴软，例举事实说他近来好不容易对胖子最喜爱的、而对胃刺激极大的辣酱稍稍适应了一点，但没料到胖子又突然迷上了更要命的胡椒比萨，要知道这意大利薄饼肥腻异常，科学家近来常把它用作对胃有强烈刺激的实验食物来测试胃的超限度功能。这个胖子不但爱吃比萨，而且一吃就是几块，把可怜的胃撑得胀痛不已。面对“病胃”的强烈抗议，胖子悻然而又寸步不让地强调他已试过强迫自己不去受比萨诱惑，但他实在是太喜欢这喷香无比的比萨饼了。胃最后只好愤愤然威胁说要让胖子痛得昏死过去。

要自我中心强烈的美国人强迫自己去做或不做什么事常常是很难办到的、非到万不得已，他们是不会轻易放弃诱惑与享受的。在个人享受与现实相冲突时，大多数美国人总希望能有一个两全之计能使他们继续享受而不受惩罚。在某种程度上，美国市场上这么多种治胃病药正是为了满足这种需要。在这个广告中，就在胖子和胃争执不休时，第三者的画外音郑重宣告：当你和你的胃发生冲突时，请服用我们的胃病药 ALKASLTZER。

看完这 30 秒钟的喜剧，观众不禁哑然失笑，而正是这样，他们对人与胃之间的冲突及其和解有了强烈的感性认识，而这种胃痛药也深深印到了他们的脑中，广告的目的也就达到了。

出奇制胜

广告一词，在拉丁文中是引起注意和进行诱导的意思，引入到英语里，演变为“引起别人注意”、“通知别人某件事”，具有了现代广告的含义。为了发挥广告在商品经济社会中的巨大作用，萨奇公司创造的广告便以追求卓越的新奇创意为基本，引人注目。萨奇广告公司把创新的重头戏都放在新颖、独特的广告产品设计上。产品在保证质量的前提下盯住“需要、独特”这四个字。所谓“需要”，实际上是多样化需要的产品，“独特”是标新立异，与众不同，追求新奇。

萨奇兄弟广告公司刚一开张就采取主动，打破传统，推出了一则超出常规的绝妙的广告设计：画面上是一个怀孕7个月的小伙子，一看上去就觉得不伦不类；画面下方的标题则严肃地告诫男子：“假如怀孕的是您，您是否会更加小心一些呢?”这则广告是为英国健康教育委员会制作的，它的目的是为了掀起反对早孕和未婚先孕的运动。整个广告没有社会责任的说教，没有对造成严重社会问题的不负责任的人任何指责，但它新鲜、有趣、别出心裁，教育效果也很好。这类为非企业性主题做的广告使萨奇兄弟广告公司在创办的头一年就在广告界声名显赫了。

萨奇广告的设计师和文案撰写人员经常跨越限制，天马行空地想象，然后再被拉回到现实，而不是只设计到他们觉得顾客能接受的程度就停住。“我们比竞争对手更大胆地处理广告，”萨奇说，“我们不断鼓励我们的设计师更大胆一点。”

广告的拉丁文和英文就是要引起别人的注意，也就是要达到“打草惊蛇”的目的。而达到这种目的，“标新立异”是常采用的一种方法。

任意挑选

马克斯——斯宾塞公司的成功秘诀，有一点与众不同的是：从不靠广告宣传。

很多人也许听说过哑巴卖刀的故事：哑巴由于无法叫卖，只得坐在地上用刀一截一截地切铁丝，人们看到他的菜刀如此坚硬、削铁如泥便纷纷购买，一抢而光。马克斯——斯宾塞公司采用的正是这种方法。在初创时，马克斯因英语不通而默不作声，只靠着那块招牌来招揽生意，他的脑筋都动在了推销上。他不是能卖什么就卖什么，而是尽可能地寻找最优质的商品，统一定价，并且任顾客随意挑选，不久就树立了品质优良、价格公道的形象。

马克斯——斯宾塞公司对外宣称不靠广告宣传，但他们的声誉和名望却不告而知，在英国无人不晓。一次，一个电视记者在公开场合采访前首相撒切尔夫人，问她的内衣是从哪儿买的，首相说：“怎么啦，当然是马克斯——斯宾塞，人人都上那儿买东西，不是吗？”

曾代理马克斯——斯宾塞公司少量广告业务20多年的广告公司主席米勒认为，马克斯——斯宾塞公司的名气确实很响亮。这从广告的角度看是反常现象，其实有了优质的商品，响亮的牌子，当然该公司不需花冤枉钱去做广告了。就像负责公司宣传及经济事务的经理所说的那样：倘若有数以百万计的人在你的商店川流不息，最有效的宣传方式就是口碑。只有当口碑不能快速地传达商店的动态时，才真正需要使用广告。

在广告宣传中最能引起别人注意，最能打动人心的就是货真价实，只有用事实说话才是最有效的方法。

知己知彼

有一家美国的电子产品制造商，向日本的一家中小型企业提议双方合作开发某种半导体元件。美国公司名叫华格纳公司，日本公司名为三泽公司。

三泽公司的规模虽然不大，但却是世界半导体领域技术的佼佼者，具有很大的发展潜力。因而对华格纳公司吸引力很大。但三泽公司的老板由于担心合作后会丧失自己的技术独立性以及怕被实力雄厚的华格纳公司吞并，因而对对方的合作请求犹豫不决。

决漳河许攸献计

双方谈判进行了十个月，但仍未最后拍板。此时，华格纳公司的副总经理由于对谈判失去了耐心，犯下一个致命的错误。

“如果有可能的话，本公司拥有买下三泽公司的雄厚财力。”在一个偶然的场合，他对日方人员说了这样一句话。

话不在多，一句话正捅到对方的痛处。三泽公司的老板白手起家，之所以对合作犹豫不决，一个重要原因就是怕对方吞并自己。以某种好处引诱对方达不到目的，便翻脸采用威胁手段，日本人对这种蛮横态度很气愤，认为对方缺乏合作诚意，怎么能作为长期合作伙伴呢？

美国人这种威胁方式，有时对方可能迫于压力也许会接受，但很容易使对方的心里不服气，找机会就要出口气，这为长期的稳定埋下了隐患。

孙子云："知己知彼，百战不殆"。如果"打草惊蛇"用的不当，只能使事情越弄越糟，到嘴的鸭子飞走了，结果只能悔之晚矣。

夺气攻心

打仗也好，谈判也好，暂时的退却是为了将来的进攻。这是退与进的辩证法在商战中的运用。

有一次，在比利时画廊里，美国画商看中了印度人带来的三幅画，印度人要价 250 美元。画商不同意，谈判陷入僵局。那位印度人被惹火了，怒气冲冲地跑出去，把其中一幅画烧了，画商见到这么好的画烧了，太可惜了，至感作痛，问印度人剩下的两幅画愿卖多少？印度人还要 250 美元，画商又拒绝了。印度人又烧掉其中一幅，画商只好乞求道，可千万别烧最后一幅。又问印度人愿卖多少？当画商出口说，三幅与一幅画能一样价钱吗？那位印度人又把这幅画卖价提高，最后竟以500美元的价钱成交。

当时其他画的价格都在100美元到150美元之间，而印度人这幅画的卖价最高。这位印度人所以采用烧掉两幅画，以吸引那位画商的策略，是因为他知道自己卖的三幅画出自名画家之手、烧掉了两幅，剩下一幅，物以稀为贵。这位印度人还了解到，美国人有个习惯，喜欢收古董珍藏名画。只要他爱上这幅画，是不肯轻易放掉的，宁肯出高价也要收买珍藏。聪明的印度人施展这一招果然很灵，一笔成功的生意唾手而得。由此可见，在市场营销中，经营者要善于抓住当事人的心理，适时，适情地采取精神战术，以使对手在喜怒失常的状态下败于己手。无论是人或物，都没有绝对价值。物品想要卖得贵，就必须让买者觉得它有价值，尤其是在自我推销的时候，更需要能打动对方的心理。

商场上的“火力侦察”

在战场上，为摸清敌情，须用“打草惊蛇”之计谋。在商战中，面对变幻莫测的商品市场，也同样需要“打草惊蛇”。

据说，绘画巨匠毕加索年轻时，也是运用打草惊蛇一类的计谋，走上画坛名人行列的。当时，毕加索的画已经很有造诣，但他穷困潦倒，没人看中他的画。一天，他请了一位画商到各个画廊去点名购买毕加索的画。数日之内，整个巴黎市的各个画廊都在议论毕加索的画，加上毕加索确实不落俗套，很快便成为巴黎画坛上的名人。他的画也从此畅销不衰。

生产要面向市场，比较准确地预测市场动向和容量，才能更快地组织好生产。预测市场离不开打草惊蛇之计谋，消费者的需要爱好是什么？同行业、同类产品在市场上占有率、覆盖面、质量和价格、新产品动向、生产条件等都需要通过计谋达到知己知彼。

不由你不信

平庸的广告能做到“信不信由你”，而成功的广告则能做到“不由你不信”。这就是广告艺术的魅力。

70 年代，美国全国广播公司“今天今晚”的节目中，成功地推出了男性模特儿推销女性用品的广告。

这个广告开头时镜头对准一双形象优美穿着长统丝袜的腿，一个柔美的女性声音告诉观众：“下面这个广告将向美国妇女证明美特牌丝袜将使任何形状的腿变得美丽非常。”随着画外音，镜头慢慢顺着腿往上移动，观众好奇地看到这个模特穿的绿灰色短裤、棒球队员汗衫，最后竟发现穿这双丝袜的竟是个男性——著名棒球运动员乔·纳米斯！他笑咪咪地对着大吃一惊的观众说：“我当然不穿长统女丝袜了，但如果美特女丝袜能使我的腿变得如此美妙，我想它一定能使你的腿也变得更加漂亮。”纳米斯此广告使美特丝产品一夜之间家喻户晓，而他也成为当时最著名的男模特儿。

谋而后战

商场如战场，在不见流血的商战中，有时比战场还要激烈。同样，经商过程中，更需要事先谋划好之后出击，这样才能战无不胜。因此，谋而后战，是一个精明的经营者所必须采取的方式。谋而后战，需要在事先做大量的调查研究，在众多的资料中进行分析研究，而后研究出经营的方略。

麦西公司原是美国一家用微波线路连接芝加哥与圣路易两市的区域性电话公司。60年代末期，该公司遭遇严重的财务困难，于是便转给素有整顿企业专家美誉的企业家比尔·麦高文。麦高文在接手麦西公司之后，对当时美国的电话通讯行业进行了认真的研究。他首先调查了美国所有的通讯公司的经营策略和经营范围，发现贝尔电话公司长期的垄断经营，已经造成经营上的无效率。虽然贝尔公司在科技上具有领先地位，但同时也为其他公司提供了许多竞争的机会。他看出贝尔公司把长途电话收费订得较高，是为了保持较低的电话基本租金和区域性服务的成本，这无异是在“邀请”那些无心于发展地方性通讯业务的公司，去参与长途通话业务的竞争。麦高文在了解到上述情况之后，认为整个电话通讯市场仍然有空间，事实上也有需要去容纳另一家电话公司。于是他在联邦通讯委员会的公共阅览室里翻阅了几个月的文件后，找出了许多他人所未曾留意的规定。虽然地方性的电话系统在法律上允许独占，但联络各地之间的长途电话却没有规定可以独占。几乎每一个人都认为有些规定，但在法律条文、国会的报告或是联邦通讯委员会的规章里都没有。而且，麦高文还发现了一条更为重要的规定，就是联邦通讯委员会在接到要求建立电话线路申请后 60 天内必须处理完毕。事实上，假使委员会内无人反对这项申请，委员会就会很自然地按照规定颁发执照。联邦通讯委员会几乎每年都会接到数千件这样的申请，通常都是具有高度技术性的，因此也就没有时间逐件地进行详细的调查研究。在了解到这些情况之后，麦高文进行了详细的分析研究，采取了最为简单的攻击策略，他同时向联邦通讯委员会提交了数百件重要通讯线路的申请。在他已建完第二条长途电话线路之前，还没有人注意到这件事。后来，虽然经过无数次法律诉讼和国会听证以及联邦通讯委员会的裁决，但由于麦高文事先准备充分，早已谋划好了应付的策略，最后都没有将他击败。1978年到1983年之间，麦西公司的营业额和利润每年都增长1倍以上，1985年成为年营业额19亿美元的大企业。

先谋后事，一方面要求经营者事先在认真做好细致的研究、分析之后，谋划好策略；另一方面，在策略定好之后，就要果断地实施，并在实施过程中不断完善。

三流产品让人看成一流

“做宣传也没用，不会产生什么效果。”被人认为无宣传的必要、而宣传得到了令人吃惊的成果，大有成就的是安妮的母公司三美公司。

曹丕乘乱纳甄氏

最近这几年来，三美公司因为过分扩张而有点麻烦，但直到5年前的三美电机投放市场后才是生意鼎盛，有日经中天之势。5年前那一年的销售额为119.5亿日元，净利9.6亿日元。对于资本仅11亿日元的公司来说，这项成绩是难得的。

这家公司是董事长森部一夫从九州前来东京，跟一个朋友在贫民街的一间榻榻米的小房间里制造收音机的零件开始经营的。

收音机零件是拼组收音机用的，买到组成好的收音机的人们，对于收音机里面的零件是哪家制造的完全一无所知，而且也没有人想知道它。因此，从来没有人愿意花零件的宣传费。

“买零件的并不是一般的人而是组合收音机和电视机的公司。如果有宣传的时间和金钱，那么就前往收音机和电视机公司跟有关人员交际交际，这样更能得到较好的结果。”

所有的零件工厂的经营者都这么想，且这么做。但森部的想法跟别人不同。

“零件的畅销并不是看零件制造厂商和组件厂商的亲密度如何来决定的。零件因为不被人看到，为此没有人要做广告。如果我一个人做零件的广告，那么一定惹人注目，它会引起人家的好奇和注意。这样可加深对我的制品的印象，我的制品就不用愁卖不出去了。”

这项出奇制胜的念头终于使他决心大登广告。数日后许多报刊和杂志出现了森部的零件广告。

看到他的这种有些离谱的广告，同业者又吃惊，又捧腹大笑。“你的宣传是多余的，你的制品到底是装在那儿谁都不知道，连商品的影子都看不见，这样盲目地登广告有什么用？你的钱太多没地方花吗？”有人当面这么嘲笑他。

当时的森部，同业者根本不看在眼里，因此森部不敢反驳他们，也没有反驳，只是在暗中向自己说：

“等着瞧吧！你们会吃惊的。”

不多久，被人视为多余而无效的广告逐渐产生效力了。“你们的收音机用的是三美电机厂的零件吗？”

大众并不晓得三美的零件是从一间贫民街的榻榻米小房间的小工厂做出来的。他们认为能够每天刊出广告的公司，一定是一家规模相当大而且够信用的一流公司。这样人们的头脑里就深印了三美电机的名字。不久，三美就会变成一个光明灿烂的大公司。

“用三美电机的零件的收音机是一级品。”很多人会如此认定，有人会这么错认。但是这么一来，制造收音机的工厂就不得不使用三美电机的零件了。

“我们也用三美的零件来试试看吧！”如果进货单位涌起这样的念头，那大功已告成了。还没有这种念头，但是受到三美外务员的拜访，他们的心坎里已有三美零件，已有相当高的接受性，事情就可算已经是成功的前奏了。

三美以一个小得不可再小的公司，把历史悠久而规模庞大的零件公司一家家赶超过去，如此成功致胜，成为日本大公司的秘诀就在这儿。

以往零件工厂的经营，都是采取打游击的战术。作战的规模较小，战果也就小了。然而三美不顾它是一个榻榻米的小房间的小公司，堂堂正正地采用大企业所采取的正面攻击的方法，展开正面作战。作战的规模大，当然战果也就大了。它由一家小家庭工厂在不久之后就成为日本有名的公司，这该归功于森部的创新——把三流产品让人看成一流的想法和所作的努力。

英雄救美

这是发生在太平洋彼岸的一幕动人的短戏。美国迈阿密海滨浴场，蓝天白云，碧海金沙，风景如画。游客们有的在海中游泳，有的在沙滩上晒太阳。突然，远处传来几声呼救的尖叫。人们不约而同地循声望去，只见有一女子在波浪中时起时伏，拼命地挣扎。滩上的男人们见状，纷纷奔向大海；正在水中的人们也勇猛地朝着那女子游去。其中一位青年片刻之间已靠近了那女子。不一会，女子被救上岸来。人们看到，这是一位非常漂亮的少女，简直象一位公主。

不少游人也注意到，在抢救这位少女的整个过程中，一直有一位手持照相机的人在忙碌着，象是一位正碰上现场好新闻的摄影记者。这时，记者挤进围观的人群中，从相机里取出一叠刚拍的照片，让人们欣赏。人们马上又被这些照片吸引住了：怎么这么快就冲洗出来了？

“我正好带着拍立得相机。这种相机能在拍照后60秒钟里自动洗出照片来。喏，就是这种60秒相机。”摄影记者得意地举起了手中的照相机。于是人们惊奇了，七嘴八舌地询问相机的产地、价格、性能、使用方法。他们并不知道，这位摄影者哪里是什么记者！那妙龄女郎又哪里是在水中挣扎！他们这是在做实地广告，是在演戏。为了这则广告，生产拍立得相机的美国普拉公司筹划了许久呢。有幸看到这场演出的人并不多，但这些人去到各地以后，将会成为拍立得相机最好的义务宣传员。

这场演出效果极佳。不久以后的1948年11月26日，在美国波士顿一家大百货商店里，拍立得相机首次上市了。早闻其名的人们争相抢购，把售货员忙得喘不过气来，有一位售货员竟然在慌乱中把一件未装内芯的样品机也卖掉了。

“肥胖”女模特儿

美国雪菲德裤袜公司根据市场调查的资料发现，有40％的美国妇女都因为太胖而有个特大号的“臀部”，对于天性爱美的女人来说，过大的臀部实在是身材窈窕匀称的头号敌人，很多妇女都为此而困扰、苦恼，甚至自卑。

更令雪菲德公司诧异的是，这40%的妇女几乎都不穿裤袜，因为她们认为裤袜对她们臃肿的身材，并没有多少遮丑的功效。

在这种情况下，雪菲德公司企划部的人员，各执己见形成两派。一派认为既然这些胖女人是不穿裤袜、不买裤袜的，这个市场即没有什么机会，与其伤脑筋构想开发，不如干脆放弃；另一派则主张，正因为她们目前不穿裤袜，所以这是一片处女地，值得用心去开拓耕耘。两派为此反复辩论，相持不下。

雪菲德公司经过长时期的研究，觉得40%的市场放弃了实在可惜。因此，就设计出一种名为"大妈妈"型的裤袜。

推广"大妈妈"型裤袜的手法也很独特。

裤袜的广告，一向是由年轻貌美、身材窈窕的人充当模特儿，但"大妈妈"裤袜却由三位胖乎乎的妇女穿上并排成一线，标题是"大妈妈，你真漂亮"。这则广告上的三位胖女人，脸上充满笑容、昂首挺胸，从侧面看上去，不但没有肥胖的感觉，而且让人觉得她们是很快乐且充满了信心，不论是图片还是文字都给人留下深刻的印象。

这则广告刊出之后，该公司不但在一个月内收到7000封表扬信，而且销量势如破竹。

一跳惊人

100多年前，伴随着工业革命的步伐，电梯开始进入人们的生活之中。早期的电梯，上下全凭电缆维系，安全系数颇低。使用时，电缆一旦发生断裂，电梯将摔得粉碎。事故的频频发生，为电梯的广泛应用造成了障碍。为此，美国的奥的斯先生发明了一种用于电梯上的安全刹车器。

为了让市民了解这种安全刹车器的性能，消除人们对电梯的恐惧，奥的斯先生安排了一次精彩的现场表演。

1854年，纽约水晶宫展览会的主要展区上，黑压压的观众屏住呼吸，目不转睛地盯着吊在半空中神态自若的奥的斯。紧张的时刻终于来临，奥的斯命令他的助手割断电梯绳索，人群中出现一阵骚动，当惊呼声尚未停止，奥的斯已安全降至地面。他兴奋地大声宣布："女士们，先生们，一切安全！一切安全！"至此，人们再也不怀疑刹车器的安全性能了。

现身说法使奥的斯名声大振，如今，奥的斯电梯系列产品，在世界电梯市场上占有不可轻视的地位。

打草惊蛇走出困境

俗语说："人无远虑，必有近忧。"经商中，如果只顾眼前利益，而不从长远利益去谋划，那么，到最后眼前利益也会失掉。一个精明的经营者，不但要照顾到眼前利益，甚至就在眼前失利、陷入忧困的情况下，也要去研究、规划企业的长远发展，把眼前的利益总是放在长远规划之中。美国的《幸福》杂志一篇评论当代企业领袖必备的标准的文章中指出："那些畏惧矛盾，不敢有长远规划的企业家最终将退出舞台，因为人们渴望追随的是那些具有远见卓识的企业领袖。"

大连化学工业公司是我国重要的基础化工生产基地，也是亚洲和太平洋地区最大的纯碱生产企业，曾经为国家做出过重要贡献。但由于传统的管理体制的原因，长期采取的却是涸泽而渔的生产方式，缺乏长远的打算与考虑，主体装置和工艺始终没有得到彻底的改造。设备陈旧、工艺落后，工业资产净值率不到50%，合成氨系统近千台压力容器中，60%不合格；产品结构简单，耗能高，污染重，经不起市场的冲击。1979年以来，工业总产值连续6年下降。1985年，大化同时面临着销售、供应和价格三大冲击。就在这一年，年仅41岁的李永金被任命为大化公司的总经理。李永金深切地感到，要摆脱大化所面临的困境，头痛医头、脚痛医脚的短期行为是难以奏效的，必须从研究和制订发展战略入手，寻求企业发展的根本出路。在职代会上，李永金向全公司提出了“研究企业发展战略”的倡议，得到了职工们的积极响应。短短的两个月，共收到各种论文和建议186篇。经过充分准备，公司分7个专题召开了“振兴大化发展战略讨论会”，历时20多天。就在这次讨论会的闭幕式上，李永金提出了被称之为“3313”的大化发展战略总体思想，即充分发挥和利用大化基本化工产品，特别是纯碱和硝盐等拳头产品和技术力量雄厚，地处开放城市和港口城市的产品、技术、地理三大优势；回避和克服产品结构简单，主要产品耗能量大、排污量大、运输量大，厂区拥挤狭窄三大劣势；打破传统的管理思想和管理方法的框子；跳出只搞基本无机化工、单纯化工生产和狭窄厂区三个圈子，实行多元化全方位生产经营。这次发展战略讨论会是大化从战役型管理向战略型管理转变的开端。会后，李永金立即组织了几十名管理人员和技术人员，编制公司的近中远期发展规划，使这个带有根本性的转变一步步地深化。近期，对氨碱法生产系统进行节能改造和排渣改造；扩建硝盐生产系统；开发合成氨、硫酸、硝酸、烧碱和化工机械5个系列新产品；新建具有国际先进水平的24万吨磷氨装置，发展复合肥料生产。中期，与大连第二发电厂合并改造，建设一套70年代末期水平的30万吨合成氨装置，从根本上改变大化主体装置技术落后的面貌。远期，发展精细化工生产。战略规划的制订，使公司广大干部职工看到了企业的希望，增强了改变老企业面貌的决心。李永金带领大化干部职工，按照规划一步一步地实施，使大化很快就扭转了忧困的局面。第一年就刹住了生产连续6年滑坡的车轮，从1987年开始，实现利税以每年10%以上的速度递增。

远虑解近忧，决不是不顾现实条件一味地去搞宏伟的远期计划，更不是根本不考虑现实的困难而去研究未来的发展，而是说不能只陷于解决当前问题之中，应该把当前和长远结合起来，研究制订发展规划，使企业能够有计划地发展下去。

沉默时间

美国纽约市广播电台出现了一个新的节目："从现在开始，播放由本市国际银行提供的'沉默时间'"。这是纽约市各广播电台播音员的声音，随后，整个节目突然中断10秒钟。听众在被莫名其妙地"中断"10秒钟后，议论纷纷。于是，几天同样的"沉默时间"，终于换来了纽约市民茶余饭后最不"沉默"的话题。

这是美国纽约市国际银行为了迅速打开国际市场，提高自己的知名度，别出心裁地买下了纽约市各广播电台的最后10秒钟，一度轰动了整个纽约地区，该银行因此而家喻户晓。

审时度势

审时度势，语出洪仁轩《资政新篇》，意思是审察时机，忖度形势。在经商过程中，形势的变化相当复杂。这就需要不断对形势进行深入细致的分析，做出正确的判断之后，采取相应的经营策略和手段来适应形势的变化。如果对变化的形势麻木不仁，不能做出正确的分析判断，还是我行我素，因循守旧，沿用老一套的经营方式、方法，其结果必然带来经营上的亏损。

美国唐纳生公司创建于 1955 年，在短短的 15 年时间里，唐纳生公司成为华尔街第一个为大众服务的财务公司。但 70 年代中期，唐纳生公司陷入困境，从 1973 年到 1977 年这 5 年间，竟有 3 年的收入是下降的，尤其是 1974 年更是亏损严重。总经理卡素对此进行了认真的分析研究，认为公司在 1973 年开始走下坡路只是华尔街市场衰退的局部反映而已。“我们在头 15 年所获得的巨大成功，使我们过于自信，误认为能在金融服务的超级市场内战胜一切竞争对手，从而迷失在危机四伏的竞争战场上。”“就我们的自身问题来说，当我们的业务发展到比较复杂而可能起伏不定的时候，我们并没有建立必要的制度，以具有建设性的方式来发展我们众多专业人员的创造力和革新力，这些本是我们公司的优点，但我们却没有按照最基本的方法，来评价日常业务的进行，以及如何安渡艰难的时期。”针对这些问题，唐纳生公司采取了综合性的策略，重新制订目标。唐纳生公司重新估量了自身的力量之后，开始研究投资的方向，看看何处可以集中公司的力量，以发挥专长，保持特性。

蔡夫人隔屏听密语

为了建立公司在投资研究业务上的领导地位，唐纳生公司投入了投资管理这一前景看好的市场，很快就囊括了华尔街一半以上非信托公司的员工福利金及类似基金的管理服务，并恢复了以前主要的经纪业务、大宗物资交易及投资金融等业务，并在小型市场投资，以维持或建立市场领导地位。为了强化唐纳生公司的策略重点，卡素还建立起一套利润责任及管制的制度。其中最重要的是每月的营业作业检讨，即每月汇报。在每月汇报时，各部门的经理无论其方便与否，一律不得缺席。公司将各部门的营业进度进行分析，研究下一步需采取的措施，以使其进度能与原定计划完全吻合，并与上月份的进度相衔接。在每月汇报时，各部门的经理必须看一大堆损益报表，虽然琐碎烦杂，但却使每位经理都了解到公司每项营业的进行情况，使他们能够更严格地控制经费开支，并努力实现预期的产销及收入目标。唐纳生公司每年也实行一种富有策略性的作业计划，包含多种随机应变的方策，提示各部门经理，一旦营业状况恶化时如何应付。唐纳生公司顺应形势的变化，重整旗鼓，收获十分惊人，1984 年，它的收入比 1978 年增长 1000%。

审时度势，最为重要的是在变化莫测的形势面前，要认清、看准、分析透，而后就要毫不迟疑地实行相应的策略和措施。如果始终是观望等待，不敢下决心，就会痛失时机，经营上也必遭失败。

拿优点拼缺点

在商战中，敌我双方总是尽可能地发挥自己的长处，攻击对方的短处，谁发挥得好，攻击得准确，谁就会获胜。在经商活动中也是这样。避开自己的短处，充分在长项上发展自己，这样才能在竞争中获胜。以己之长，攻敌之短，重要的是要找到自己的长处和敌人的短处，这就需要认真地研究分析。

美国西代克斯公司成立于1969年，是生产磁带和微缩影片的公司。1972年，当李斯特·克伯特就任董事长时，公司的财务状况极为糟糕，在经营中赔损了600多万美元。于是他对公司的经营策略进行了彻底的研究和分析。克伯特不是一个高科技人员，但却是一个管理人才。而在西代克斯公司，高科技并不是强项，与美国商会中大部分厂商不同的是西代克斯公司的制造能力非常强，因此它也是复制电脑缩影胶片和电脑软盘的低成本制造商。经过研究和分析后，克伯特认为西代克斯公司发展的重点应建立在生产的基础上，以生产的优势与对手竞争。

他首先加强了公司的内部管理，建立了严格的管理纪律，使公司在18个月内扭亏为盈，这就奠定了西代克斯公司长期巨额盈余的基础。复制缩影胶片是西代克斯最初的主要业务。该公司凭着生产上的优势，首先建立了它的市场领导地位和加强与使用者的关系，到1984年，它已占领了这种产品70%的市场。后来推出的缩影胶片阅读机、银模胶片、读者印机等，也是以同样的方式抢占市场。当缩影胶片市场进入成熟期而发展缓慢后，西代克斯公司就把它的触角伸入电脑软盘行业。虽然这个行业竞争十分激烈，但西代克斯公司非常坚定，因为它很清楚，自己的优势就是生产方面的优势。电脑软盘只不过是把化学药剂涂在多元脂胶片上而已，而西代克斯公司不仅可以比其他公司处理更宽的多元脂胶片，而且可以做出更薄、更均匀的化学涂层，更为重要的是，西代克斯公司的生产增长速度可以达到50%甚至60%，这就使它在这个行动有成本上的优势。与这个行业的其他公司相比，西代克斯公司很快地就生意兴隆，到1984年，它取代了比它历史久而规模更大的迪森公司。由于西代克斯公司充分发挥自己在生产制造方面的优势，使得它迅速发展，并成为这个行业中最稳固公司。

由西代克斯公司可以看出，克伯特在开始时做的研究分析，找出西代克斯公司的长处是多么重要，他使得西代克斯公司在后来的发展中能够真正做到以己之长，攻敌之短，并逐渐发展壮大。

以己之长，攻敌之短，在研究分析自己的长处时，一定要客观，实事求是，不带有偏见，这样才能分析准确，真正把握住自己的长处。

您愿与毛毛虫共眠吗

英国泰晤士报有一则奇怪的广告：在占报纸两个

版面的画面上，是一条令人毛骨悚然的毛毛虫，边上文字："这是一条吸血虫，喜欢床垫中的热气，也许今天就要与您共眠。"

真吓死人，并使人莫名其妙，这广告究竟要宣传些什么呢？再看文字说明：

"邓洛克洛牌床垫使用了一种不生虫的材料。"

原来如此！在一般的床垫上都有这种可怕的"吸血虫"，而邓洛克洛牌床垫却没有。这正是"打草惊蛇"的巧妙。而且，这则广告攻击他人的缺点，可说是挖空了心思，那条毛毛虫的形象越丑陋，越可怕，其他牌子的床垫就越是没有人要，邓洛克洛牌床垫的独占性优点就越鲜明，就越能够讨得消费者的欢心，谁愿意与毛毛虫共眠呢？广告因此收到惊人的效果，巴特利广告公司业务经理林宝笑着说："在一周内，邓洛克洛牌床垫销售一空，有谁不相信这则广告的含意吗？"

一部彩电 99 美分

在美国，不久前出现了一家名曰"九十九仙"的商店，店内所有货物无论大小、贵贱、售价一律为 99 分。这个店每天都要拿出 10 部彩色电视机，售价自然是 99 美分。

人们不禁要问：是商店的老板不惜蚀本，大发慈悲吗？当然不是，该店老板大卫·高特同其他资本家一样，以赚钱发财为惟一宗旨，令人费解的是，“九十九仙”商店开张后，不但没有蚀本，反而生意兴隆，财源茂盛。大卫·高特的生财之道在哪里呢？

原来，消费者购买商品都是一种求廉求新奇的心理，大卫·高特懂得消费者的这种心理活动，因此，他打出了“一部彩色电视机 99 美分”的招牌一下子就把顾客抓住了，使消费者形成了一种联想：既然电视机都这么便宜，其它的东西也是不会贵的。在消费者心目中，这家商店树立了美好的形象，因而商店门庭若市，顾客蜂拥而至。“九十九仙”商店开放仅 4 天，所有货物便被抢购一空。一个月内，虽然售出 300 部彩电亏损了 2.3 万美元，然而却使含有利润的其他货物大都销出。货物销得快，资金也周转得快，盈亏相抵，盈利仍很可观。如今，该店已经发展成了有许多分店，资本十分雄厚的大企业了。